KB004394

부모라는 낯선 타인

나를 알기 위해
부모 공부를
시작합니다

부모라는 낯선 타인

양미영 지음

프롬북스
frombooks

이게 다 엄마, 아빠 때문이라 생각했다

"내가 이렇게 된 건 다 엄마, 아빠 때문이야." 오랫동안 이런 생각을 하면서 살았다. TV에서, 책에서 얼마나 많은 이들이 이야기하는가. 어른의 마음속에 상처받은 어린아이가 울고 있다고. 울고 있는 '어른아이'를 치유하기 위해 전문가들은 과거를 환기한다. 그리고 유년의 기억 속에서 나를 누구보다 사랑해주었지만, 그만큼 상처도 주었던 부모를 만난다.

나 역시 다정하다기보다는 무뚝뚝하고 퉁명스러웠던, 그리고 자주 다투던 엄마, 아빠의 모습을 서른을 훌쩍 넘겨서까지 마음에 담아두었다. 어째서 그런 과거의 기억들은 잊히지 않고 인

장으로 새긴 듯 강하게 남아서 현재의 나를 괴롭히는 걸까. 어린 시절 나의 세계를 열고 닫았던 최후의 안식처였던 엄마, 아빠. 그러나 나는 그들 사이에서 고독과 외로움도 배웠다. 어영부영 수능을 치르고 대학을 졸업해 취업에 난항을 겪으며 20대를 보내면서 자존감은 바닥을 쳤고, 그때마다 나는 자주 '엄마는 왜 어렸을 때 나에게 그런 말을 했을까, 아빠는 어린 나에게 왜 그런 식으로밖에 행동할 수 없었을까'를 반복해서 곱씹었다. 그것이 내가 불안정한 청년기를 보내게 된 이유는 아니었을까? 화목한 집에서 사랑만 받고 자란 아이였다면 지금보다 더 멋진 어른이 될 수 있었을 텐데.

그렇게 나는 매사에 불만이 많고 어딘가 꼬여버린 '어른 금쪽이'가 되어 있었다. 하지만 이미 지나온 과거를 되돌릴 방법은 없다. 우울했던 유년의 기억이 한순간 삭제되는 것도 아니고 말이다. 과거를 탓하고, 부모를 원망하는 동안 나는 다름 아닌 자신을 가장 미워하는 사람이 되어버렸다. 열등감과 수치심의 원인을 내가 아닌 주변 상황과 타인에게 돌리고 있는 나는 내가 봐도 볼품없었다. 그러니 무엇보다 나를 바로잡아야 했다. 그리고 '나'를 알기 위해서는 엄마, 아빠와 얽힌 유년의 기억을 정리할 필요가 있었다. 그때부터 엄마, 아빠의 어린 시절 이야기를 듣기 시작했다.

언젠가부터 엄마, 아빠와의 대화가 점차 줄어들고, 더 나이가 들었을 때 우리는 서로에게 무관심했다. 한집에 살지만 낯선 타인과 같은 사람들, 그러나 너무 닮아버린 사람들. 나는 엄마, 아빠를 공부하면서부터 꼬여 있던 나의 존재를 한 겹씩 풀어낼 수 있었다. 그제야 그들 역시 나처럼 누군가의 딸과 아들이었다는 새삼스러운 사실을 마주했다. 서른 중반의 내가 아직도 '나도 내가 누군지 모르겠다'와 같은 문제로 고민하며 괴로워하고 있을 때, 나와 비슷한 나이의 엄마, 아빠는 이미 여덟 살, 여섯 살 딸을 둔 남자와 여자였다는 사실도. 태어나던 그 순간부터 나의 부모였기 때문에 나는 두 사람을 한 여자와 한 남자로, 나와 같은 유년기를 거쳐 온 인간이라고 생각하지 못한 것이다.

과거의 기억을 추적하면서 나는 두 사람과 분리되려 할수록 오히려 밀착됨을 느꼈다. 나의 얼굴, 말투, 행동, 식성, 온갖 습관, 그리고 내가 가진 추억과 기억은 두 사람의 과거와 기억의 산물이었기 때문이다. 나는 우리 가족이 품고 있는 과거의 형체 없는 기억들을 발굴해내고 그것들에 하나씩 이름을 붙이기로 했다. 기억에 언어를 입히는 일, 내가 기억하는 미움과 사랑을 쓰는 일. 가족을 주제로 이 작업을 시작했다. 기억들은 사라지지 않지만, 아무렇게나 흐트러져 있는 기억들을 언어로 가지런히 정리하는 것만으로도 한결 가벼운 사람이 된 것 같았다. 그만큼 어린 시절의 기억은 나를, 그리고 엄마와 아빠를 아주 오래 짓눌러온 돌덩이였다.

기억에 언어라는 형태를 부여하는 동안 그 어느 때보다 엄마, 아빠에 대해 오랫동안 생각했다. 누군가를 미워했던 마음을 오래도록 되새긴다는 것은 그들을 사랑하지 않고서는 시도할 수 없는 일이라고 믿는다. 하지만 부모는 나에게 아직도 이해할 수 없는 심연이다. 우리는 어디까지나 너는 너, 나는 나인 서로에게 타인이기 때문에. 그래서 이 책은 나의 오해이자 착각의 산물일지도 모른다. 하지만 '이해할 수 없다'라는 미완의 정의를 내린 것만으로도 어쩌면 충분한 것이 아닐까.

이건 명확히 분리할 수 없는 사랑과 미움의 경계를 오가는 가족이라는 기묘한 존재에 관한 이야기다.

차례

4장

\ 누구나 부모는 처음이라서

1장

어떤 날은 울고, 어떤 날은 웃으며

엄마, 아빠 공부

✳
✳
✳

  엄마, 아빠는 공부는 잘하면 좋지만 못해도 크게 문제가 없다는 쪽이다. 나는 초등학교를 다닐 때부터 담임 선생님께 예쁨 받으려고 노력하는 학생이었다. 그러니 공부를 열심히 했다. 잘하지는 못했다. 잘하고 싶어 했다. 그게 핵심 아니겠나. 잘하고 싶다는 마음. 공부를 잘하려면 어느 정도 집안 어른들의 교육적 관심과 지원이 필요하다는 생각이 든다. 그런 것 없이도 잘하는 아이들도 분명 존재한다. 그렇지만 내 경우는 아니었다. 나는 방법을 몰랐고 그래서 자꾸 어떤 한계에 부딪혔다.

  엄마, 아빠는 일을 하느라 둘 다 집보다는 공장에 있을 때가 많았다. 더군다나 일을 같이 하니 집에서 얼마나 자주 싸웠겠나. 노동과 가정이 분리되지 않은 상태였다. 사업이란 건 잘 풀리지 않는 때가 많다. 두 사람의 각기 다른 형태의 분노와 스트레스가 모두 집에서 터져 나왔다. 회사에서의 갈등이 집으로 그대로 옮겨온 것이다. 생각해보면 두 사람은 직장 동료이자 부부였던 셈인데, 어떤 식으로든 갈등을 빚을 수밖에 없는 두 겹의 관계를 맺고 있었던 것이다.

엄마, 아빠는 자주 다투었다. 어릴 적 나는 우리집은 왜 이럴까, 자주 생각했다. 친구네 집에 놀러갔다 오면 더 그랬던 것 같다. 거실 전체를 도서관처럼 꾸며 놓은 친구네 집에서, 친구는 계속 책을 읽었다. 그 친구는 선생님께 무척 총애를 받는 친구였는데, 그러고 싶은 열망이 있었던 나는 친구를 따라 그 뒤로 책을 열심히 읽었다. 한번은 어떤 친구네 집에 놀러갔는데 친구의 엄마가 이름을 영어로 쓰지 못하는 나에게 내 영문이름 철자를 처음으로 알려주었다. 친구는 엄마가 영문과 대학교수라고 했다. 학교에서만이 아니라 집에서도 독서를 한다거나, 자기 이름쯤은 영어로 쓸 줄 알아야 한다는 사실을 나는 친구들을 통해 알게 되었다.

모르는 게 부끄러운 일이라는 건 이런 식으로 터득하게 되는 건가? 나는 이런 일들이 나에게만 일어났다고 생각하지 않는다.

그리고 어린 시절의 짤막한 일화들이 나에게만 이토록 예민한 기억으로 남아 있을 것이라 생각지도 않는다. 경로는 다르겠지만 사람들은 자신만의 시공간에서 각자의 수치심을 경험하고서는, 모르는 걸 모른다고 말하는 것을 창피한 일이라고 여기게 되는 것 같다. 어쨌든 모른다는 건, 들키면 안 되는 일이었다.

내가 중학교를 다니기 시작했을 때부터 엄마는 나를 혼내면서 "지금 날 무시하냐"는 말을 자주 했다. 혼나게 된 원인은 제각각이었겠지만, 어쨌든 결말은 내가 엄마를 무시했다는 사실에 대한 분노의 폭발이었다. 나는 그런 적이 없었기 때문에 내가 부당하게 몹쓸 일을 겪고 있다고 생각했다. 그런 억울함이 조용히 쌓였고 나는 지독하게 말 없고 무뚝뚝한 청소년기를 보냈다. 중학교에서 고등학교, 상급 학교로 진학하면서 성적은 계속해서 떨어졌다. 학생의 본분은 공부이니, 나는 초등학교 때처럼 공부를 잘하는 학생이고 싶었다. 다만 열망은 있지만 방법을 몰랐고 어영부영 시간이 흐르자 열망도 사라졌다. 나는 그럭저럭 수능을 보고 점수에 맞추어 대학을 갔고 졸업을 하고 남들처럼 취업 준비를 시작했다. 취업 준비를 하던 때는 간단히 표현하면 다음과 같다. 세상이 날 전면적으로 거부하는 느낌. 내 이력서와 자소서는 펼쳐지지도 못하고 쓰레기통 어딘가로 처박히고 있는 것 같았다.

자존감이 바닥을 쳤다. 그리고 부모님은 자식들이 성인이 되었든 말든 여전히 불화와 갈등을 당당하게 표출했다. 나는 그런 모습을 자식들에게 보이기 부끄러워하는 부모님이 나의 엄마, 아빠였다면 좋겠다는 생각을 했다. 물론 이건 지금의 내 버전의 해석이긴 하지만. 엄마, 아빠와 멀어지고 싶은 마음이 들 때, 그래도 어쩔 수 없이 그들이 나를 낳아준 사람이라는 사실은 변함이 없다는 것도 같이 상기되었다. 나는 안 될 거야, 라는 마음은 어쩌면 그런 기억들 속에서 탄생한 부정이 아니었을까 한다. 멀어지고 싶은 사람들의 일부인 나, 어쩔 수 없이 그들의 유전자가 복사되어 태어난 나. 엄마, 아빠를 미워하는 딱 그만큼 나는 나를 미워했다.

나이를 좀 더 먹고 이런 마음이 어느 정도 풀리고 나서야 부모님을 미워하는 마음이 나를 너무나 많이 갉아먹었다는 사실을 깨달았다. 엄마, 아빠와 내가 생각하는 삶이나 행복의 가치는 너무 다르다. 어른이 되어갈수록 그 간격은 더욱 벌어져간다. 내가 소중하게 여기는 삶의 가치들이 부모님과 일치한다면 얼마나 좋을까. 그렇다면 나는 더 든든한 지지와 응원을 받을 수 있을 텐데. 집에서 원하는 건 들으면 바로 알 만한 회사를 다니며, 높은 연봉을 받으며, 경제적으로 자립한 떳떳한 사회의 구성원인 딸인 것 같다. 자녀를 키우는 부모님에게 삶의 낙은 아마도 자식

자랑이 아닐까 싶다. 어찌 보면 자식은 부모를 비추는 거울과도 같으니, 나 역시 그러한 부모님의 희망사항을 이해하지 못하는 건 아니다.

나는 30대 중반이 되어서 대학원에 진학했다. 어떻게 채워야 할지 몰랐던 앎에 대한 갈증을 해소하고 싶었다. 그러나 엄마, 아빠는 내가 공부하는 걸 반기지 않았다. 내가 높이 사는 가치, 나의 개성이나 고유함은 부모님 기준으로는 영 마뜩잖을 뿐이다. 나는 여전히 이 문제로 속이 상한다. 오랜 공부가 돈으로 바로 직결될 리 만무하다. 나 역시 좋아하는 일을 하면서 돈을 번다는 이상적인 삶을 꿈꾸는 나 자신에게 의구심을 품곤 한다. 그럼에도 불구하고 한동안은 이해받지 못한다는 생각에 서글펐다. 하지만 이런 생각도 든다. 내가 좋아하는 것, 내가 하고 싶은 일을 무조건적으로 응원하고 지지해주길 바라는 마음은, 꼭 내가 사랑받고 싶은 방식대로의 사랑만을 갈구하는 이기심은 아닐까 하는 생각 말이다. 엄마, 아빠는 자신들의 방식대로 나를 응원하고 있는지도 모른다. 멀리 돌아가며 고생하는 일보다는 좀 더 쉬운 길을, 안전한 길을 택하라는 다그침은 그들 방식의 사랑일지도 모른다.

그럼에도 나는 책 읽고 글 쓰는 일이 좋다. 어쩌면 하지 말라니까 어떻게든 기어코 하고야 말겠다는 청개구리식의 반발과 저항이 아닐까 싶을 정도로 공부에 매달린다. 아니, 어쩌면 나에게는 그럴만한 역사와 맥락이 있다. 나는 어린 시절에 '무언가 잘 모르는 사람'이 겪는 수치심을 여러 단편을 통해 습득했다. 지식에 대한 나의 맹목적인 갈구는 나름의 기구한 사연이 있다. 10대 시절을 학교에서 보내지 못하고 사회인이 되어버린 엄마, 아빠의 열등감을 나는 지나칠 정도로 예민하게 수용했다.

뒤늦게 대학원 진학을 선택하고 공부를 시작하면서, 나는 그 무엇보다 나에 관해 공부해야 했다. 20대 후반 잡지 회사, 마케팅 회사에서 짧은 직장생활을 하면서 도대체 내가 무엇을 좋아하고, 또 무엇을 잘하는지, 앞으로 무엇을 하면서 살고 싶은지 아무런 감을 잡지 못하고 막무가내로 떠밀려 30대에 진입하고 말았다. 내가 어떤 사람인지 아무것도 몰랐기 때문에 나의 20대는 자기 비하와 혐오로 가득했다.

그런데 나는 왜 나를 미워했던 것일까? 내가 어떤 사람인지를 오랫동안 고민하면서 나는 부모에 대해서도 '공부'해야 한다는 결론에 이르렀다. 모든 '앎'에 대한 열망은 '나'를 알고 싶다는 열망으로부터 비롯한다는 사실도 알게 되었다. 나는 나를 왜 스스로 사랑할 수 없었는지, 그리고 나의 훌륭한 면을 왜 제대로 보아주지 않았는지, 그리고 그 훌륭함은 무엇인지 알기 위해 내가 선택한 것은 나에 대한 공부, 그리고 부모님에 대한 공부다.

어린 시절 성장 과정을 집요하게 파헤치는 것은 양육 환경과 부모의 과오를 탓하기 위함이 아니다. 내가 누군지 알고 싶었다. 그러려면 부모를 알아야 한다고 생각했다. 그리고 실제로 나는 부모를 이해하려는 과정에서 그들을 한 인간으로 바라볼 수 있었고 거리를 두고 그들을 관찰할 수 있었다. 그들이 자라온 세계, 살아온 여정을 듣고 나서야 나는 그들의 말에 예전보다는 덜 상처받을 수 있었다.

이해에는 '맥락'이 뒤따라야 한다. 어떤 한 점을 보고 모든 것을 알았다고 생각한다면 오산이다. 나를 단 한 가지 사실만으로 모두 표현할 수는 없는 노릇이다. 우리를 둘러싼 환경과 조건, 상황과 경험, 기억, 제약과 가능성까지 한 인간을 구성하는 데는 무수히 많은 요소가 어울려 작용한다. 점이 아닌 그물망 전체를 볼 때 이해의 깊이와 폭은 확장된다. 부정적인 자기 인식과 낮은 자존감, 열등감에 휩싸여 있던 과거를 떠올리며 왜 나는 스스로를 사랑하지 못했는지 나에게 물었다. 나는 나를 사랑하는 방법을 알지 못했다. 나를 사랑해야 한다고 말해준 사람도 없었다. 그제야 알았다. 엄마, 아빠도 오랜 시간 자신들을 사랑하지 못했다는 것을. 그걸 어떻게 하는지 알 수 없어서 나에게 가르쳐줄 수 없었다는 것을.

대학원 기말 과제를 핑계 삼아 나는 자주 엄마와 아빠의 어린 시절을 물었다. '왜?'가 입에서 떠나지 않는 유치원생처럼 그들의 과거를 파고들었다. 모든 과정이 물 흐르듯 자연스러웠던 건 아니다. 일상 전반에 자리 잡은 소통의 부재는 애증이라는 독특한 형태의 감정을 키웠다. 말하지 않으니 진심을 알 수 없었고, 알 수 없는 마음을 넘겨짚느라 서로를 왜곡하고 오해했다. 엄마, 아빠는 가끔은 막힌 벽과 같았다. 사태는 소통의 부재에서 소통의 불가능성으로 불거졌다.

심리상담을 해주신 교수님이 이런 말씀을 하신 적 있다. 알고자 하는 마음이 곧 사랑이라고. 사랑의 반대말을 무관심이라고도 하지 않는가. 사랑하지 않는 존재를 이해하려고 노력하는 사람은 없다. 그런 의미에서 엄마, 아빠의 과거를 알고자 노력했던 시간들은 내 방식대로 그들을 사랑한 방식이기도 하다. 그러나 동시에 깨닫는다. 이해에는 완결이 존재하지 않는다는 걸. 부모는 내가 아닌 타인이다. 타인을 이해한다는 건 영원한 과정일 뿐, 결코 완결되지 않는 작업이다.

기억 말하기 연습

✳
✳
✳

가족은 무작위로 던져진 주사위처럼 결성되는 임의의 조직이다. 간혹 운이 좋으면 몇 시간을 이야기 나눠도 웃음이 끊이지 않는 친구 같은 사람들을 가족으로 만나게 되기도 하지만, 대개는 서로가 서로에게 이방인이다. 피를 나누긴 했지만 가족 구성원의 기질이나 성향은 제각각인 경우가 많다. 우리는 서로에 대해 잘 안다고 생각하지만, 정작 각자가 무슨 생각을 하면서 살아가는지에 대해서 아는 바가 없다. 그렇게 과묵한 세월이 흐르고, 갈등과 오해가 먼지처럼 수북이 쌓였다.

언젠가부터 엄마, 아빠와 딱히 나눌 이야기가 없었다. 청소년기를 지나 어른이 되었을 때 엄마, 아빠와는 대화가 통하지 않는다고 생각했다. 거주지만 공유할 뿐, 우리는 너무 동떨어진 생활 패턴과 관심사를 만들어가며 각자의 삶을 살았다. 우리가 공유할 이야기가 없다고 생각했을 때, 어쩌면 엄마, 아빠는 나에게 가족이면서 동시에 낯선 타인이었는지도 모르겠다.

그러나 우리는 어떤 남자와 여자로부터 태어났다는 공통의 존재론적 사건을 겪었고, '어린 시절'이라는 시간을 모두 거쳐왔다. 엄마, 아빠를 나와 같은 선상에 놓을 수 있게 되었을 때, 둘은 낯선 타인이 아니었다. 그들도 누군가의 자식으로 복잡다단한 어린 시절을 겪었다는 새삼스러운 진실과 그러한 과거를 묻고 답하는 말과 목소리를 통해 갈등과 오해의 먼지들이 조금씩 걷히기 시작했다. 닮고 싶지 않았던 퉁명스러움과 무뚝뚝함이 엄마, 아빠의 타고난 성정은 아니었다. 어쩌면 두 사람도 원하지 않았지만 어쩔 도리가 없었던 것들이 아니었을지. 핑계를 대자면, 나도 어쩔 수 없이 두 사람에게 고맙고 미안하고 사랑한다는 말을 결코 입 밖으로 낼 수 없는 사람이 되었듯이 말이다. 나에게 그것이 엄마, 아빠를 향한 무심함이 아니라 노력과 용기가 필요한 사랑이듯이. 나에게는 엄마, 아빠도 어떻게 표현할지 몰라 그저 마음속에 품고만 있는 사랑이 있을 거라는 확신이 있었다. 우리는 그런 식으로 닮아버린 사람들이었다.

두 사람의 유년 시절을 떠올리게 된 것은 심리상담을 받으면서부터다. 나는 내가 누구인지 알고 싶었는데, 알려고 할수록 기억은 자꾸 과거를 향해 거꾸로 흘렀고 어린 시절의 기억 속에 박힌 인상적인 장면들 중에서 엄마와 아빠가 끼어 있지 않은 그림은 없었다. 좋았던 기억들도 있었지만 강렬한 기억의 대부분은 수치와 외로움을 동반하고 있었다. 엄마, 아빠, 상처, 수치, 가족과 같은 단어들을 나열할 때의 불편함에 진이 빠졌다. 잊고 지냈던 과거의 상처들을 하나씩 곱씹어볼수록 내가 겪은 기억은 이상적인 가족과는 너무 동떨어져 있었다. 집은 서로를 늘 아낌없이 사랑해주는 사람들의 쉼터이자, 바깥에서 겪는 모멸과 고난을 치유하는 안식처 같은 곳이라고 세상은 말하고 있는 것 같은데 말이다.

어릴 적 우리집은 나에게 그런 장소가 아니었다. "저는 집이 싫었어요.", "지금 어른이 된 저를 아직까지 자라지 못한 상태로 남겨둔 사람들은 다름 아닌 나를 낳아주고 길러주고 사랑해준 엄마, 아빠였어요." 결국 그런 이야기를 늘어놓고 있는 상황이 견딜 수가 없었다. 우리집의 흠결을 골라내 이야기할수록 나의 뒤틀린 삶의 원인은 모두 어린 시절 성장 환경에 있는 것처럼 느껴졌다. 나는 부모 탓을 하고 있었다. 하지만 마음속으로 알고 있었다. 그게 전부일 리 없다. 지금껏 엄마, 아빠에게 모든 책임을 전가하는 손쉬운 방법으로 나의 결점을 덮어놓고 있었다는 사실을, 심리상담이 진행되면 될수록 강도를 더해가는 죄책감이 말해주고 있었다.

　현재 겪고 있는 문제가 실제로 모두 과거에서 기인한다고 증명된다 해도 달라지는 것은 아무것도 없다고 생각했다. 기억 속에 존재하는 엄마, 아빠는 원망스러웠다. 어린 나에게 왜 그런 말을, 그런 행동을 했을까, 어떻게 그럴 수 있었을까를 하염없이 떠올렸다. 상담받고 싶지 않은 날도 있었다. 그러던 중 선생님이 지나가듯 말씀하신 융Carl Gustav Jung의 문장이 나를 붙들었다. "의식되지 않은 무의식은 운명이 된다." 무의식은 형태 없는 기억들의 저장고다. 기억은 아무런 형상을 지니지 않은 채로 마음속에 머물러 있다. 특히 상처와 수치와 밀접하게 묶여 있는 기억들은 형태를 갖추려 하지 않는다. 더욱 거세게 반항한다. 고통스럽고 아픈 기억들은 그래서 말로 하기가 힘들다. 단어와 문장으로 형태를 부여하려는 기억의 주인의 시도를 거역한다. 그리고 그것은 운명이 되어 주인의 삶을 잠식하려고 든다. 심리상담 초반에 느꼈던 불편함과 저항감은 기억이 형태를 갖추고 의식으로 끌려 나오기까지 겪어야 했던 자연스러운 과정이었다. 선생님은 과거를 말로 이야기하는 것은 용기가 필요한 일이라고 말씀해주셨다. 나에게는 과거를 마주볼 힘이 있었다. 나는 용기 있는 사람이다. 그때부터 중요해진 것은 과거를 미래에 반복하지 않기 위해 변해야 할 내 자세와 태도였다.

이때쯤 나와 엄마, 아빠는 각자 심리상담을 받으면 자신의 이야기를 누군가와 공유하고 있었다. 과거를 돌아보고 기억에 형태를 부여하는 작업을 제각각 수행하고 있었던 셈이다. 우리 모두는 어쨌든 '용기'를 내고 있는 중이었다. 그래서였을까, 집에서도 우리는 각자의 어린 시절 이야기를 자주 꺼내놓곤 했다. 같이 밥을 먹다가, 외식을 하다가, 어디론가 향하는 자동차 안에서, 기억들이 급작스럽게 소환되었다 "그때는 말이야", "우리 어릴 때는", "옛날에 있잖아" 하는 식으로.

처음으로 궁금해졌다. 엄마와 아빠는 심리상담 선생님과 무슨 이야기를 나누고 있을까? 두 사람도 나처럼 이런저런 과거를 끄집어내고 있을 게 분명했다. 처음으로 자신에게서 빠져나와, 자기를 타인 보듯 새로운 시선으로 관찰하고 있을 것이다. 그리고 엄마와 아빠도 분명 자기를 이야기하기 위해서는 각자의 부모를 불러오지 않으면 안 되었을 것이다. 모든 인간에게는 그들을 탄생하게 한 어떤 남자와 여자가 있다. 아무리 독립적인 사람이라 할지라도 자기 존재의 이유를 되짚을 때 따로 떼어낼 수 없는 사람들이 있다. 당연하지만 새삼스러운 사실이다. 엄마, 아빠도 어떤 부모의 자식이었다. 엄마, 아빠에게 기회가 있을 때마다 그들의 어린 시절을 묻기 시작했다. 그 순간부터 엄마, 아빠는 나의 부모가 아니라 나와 같은 사람이 되었다. 누군가의 자식으로 태어나, 부모의 사랑을 받았고, 그들의 사랑을 원했고, 그리워하고, 종종 그들로부터 상처받고, 그래서 그들을 원망도 했던 딸과 아들.

언어가 빈곤한 집

*
**
*

  평소에는 말이 없는 아빠는 술을 마시면 수다쟁이가 된다. 알코올은 애매한 형태로 아빠 주변을 맴돌기만 하던 언어들을 치환하고 응축하여 말을 만들어낸 뒤 마구 분출하게 한다. 아빠의 마음속에는 표현하고 싶은 것들이 많다. 우려와 걱정, 애정과 관심, 격려와 응원, 미안함과 고마움. 적합한 단어를 찾지 못할 만큼 넘치는 마음들이. 그래서인지 그 귀한 마음들은 쉽게 입 밖으로 나오지 못한다. 꺼내려다가도 도로 집어넣게 되는, 망설이다가 이내 접고야 마는, 그런 말들이다. 아빠의 마음들은 억눌려 있었다. 말이 되지 못하는 마음들 때문에 종종 난처했을지도 모

28

른다. 그에게는 많은 사랑이 있지만 그것을 꺼내 보여줄 방법은 없는 것 같다. 가끔 아빠는 마음을 표현하기 위해 고심하는 얼굴이 되었지만, 먹고살기의 문제가 끼어들면서 복잡한 마음들은 이내 흩어진다. 그런 마음들은 가지런히 정리되지 못한 채 투박한 형태로 알코올의 힘을 빌어 분출되곤 한다.

아빠는 유난히 해외여행을 꺼린다. 절대 가려고 하지 않는다. 일 때문이라고는 하지만, 이제는 조금 짐작이 간다. 공항에 들어서는 순간부터 보이는 영어 표지판, 입국심사, 타본 적 없는 교통편, 말이 안 통하는 사람들, 입에 맞지 않는 향신료. 아빠에겐 모든 것이 고역인 거다. 그건 둘째 문제다. 그 낯섦 속에서 어쩐지 초라해지고 당당할 수 없는 자신이 싫은 건지도 모른다. 유연하게 대처하지 못하고 허둥지둥 헤매는 상황으로부터 도망치고 싶은 건지도 모른다. 익숙한 것들을 향한 선호, 변화에 대한 거부감. 아빠는 자기 일에 있어서는 새로운 도전을 멈추지 않았지만 어쩐지 그 외에 다른 일에는 너무 확고한 자신만의 사고방식이 있었다.

아빠는 열일곱 살 때 고작 몇 천 원을 쥐고 서울로 올라와 온갖 고생을 하며 기술을 배워 자기 공장을 세웠다. 자수성가한 사람 특유의 강한 정신력, 자기 확신, 혹은 고집은 아빠가 삶을 대하는 태도에도 그대로 묻어난다. 내가 보기에 아빠의 생각은 굳어 있는 것 같다. 이것이 단번에 바뀌기는 쉽지 않다는 것을 안다. 자신을 이야기하는 것, 그 안에 무수한 감정을 언어로 끄집어내는 것, 솔직하게, 자신의 약함을 인정하고 마주보는 것. 오랫동안 해오지 않은 일을 갑자기 시작한다는 것은 누구에게나 저항을 동반한다.

이 문제가 모두가 극복해야 할 과제라고 생각지는 않는다. 각자의 삶의 모양이 존재하니, 굳이 그것을 일부러 찌그러트리거나 애써 다듬어야 할 이유는 없다. 그러나 나는 아빠가 굳혀온 삶의 모양에 조금씩 균열을 내는 침입자로서 역할을 멈추지 않기로 했다. 아빠 옆에서 계속해서 아빠의 과거를 사심 없이 궁금해하며 캐묻는 어린 딸의 가면을 쓰고 싶다. 그건 오랜 시간 아빠를 오해해왔던 것에 대한 미안함의 표시이기도 하고, 끝끝내 이해할 수 없을 아빠를 우리가 서로 살아있는 동안만큼은 최대한 알아가고 싶은 마음이기 때문이다.

어린 시절 내 기억에는 엄마 역시 과묵했다. 그러나 엄마에게는 마음이 말로 분출되기를 부추기는 알코올 같은 도구도 없었다. 엄마의 마음 역시 일상의 고단함이 겹치면서 정제될 여유가 없었다. 아빠와 함께 사업을 일궈온 엄마는 처리해야 할 잡다한 업무들이 수두룩했다. 은행 업무, 회계 처리, 사업장 시설 관리자 역할은 물론이고 공장 내에서 발생하는 사람들 사이의 갈등 문제도 해결해야 할 몫으로 떨어졌다. 엄마는 회계부장이고, 관리부장이며, 인사담당자였다. 또 아내이고 며느리이고 엄마였다. 학교를 다녀와 그날 있었던 일들과 생각을 조잘대면 표정 없이 아무 대꾸가 없거나 가끔은 퉁명스러웠던 엄마의 반응에 시무룩해지던 나의 어린 얼굴이 떠오른다. 어린 나의 눈에는 엄마가 어깨에 멘 커다란 짐 가방이 보이지 않았다.

초등학교 3학년 때까지 동네에서 운영하는 통학 차량을 타고 학교에 갔다. 그날도 정해진 장소에서 차를 기다리고 있었다. 그곳에는 항상 아이를 직접 배웅하기 위해 나온 엄마들이 여럿 모여 있었다. 어느 날인가, 엄마들 중 한 명이 내 머리가 묶여 있는 모양을 보고는 "빗질을 왜 이렇게 했을까"라며 한마디했다. 그제야 너무 헐겁게 대충 묶여 있는 내 말총머리와 비교되는 반질반질 야무지게 묶인 다른 여자아이들의 뒤통수, 알록달록한 머리 방울들이 눈에 보였다.

내가 더 어렸을 때 엄마는 분무기에 물을 담아 머리에 칙칙 뿌리고는 양 갈래로 머리를 묶어주고, 뒤통수에 꼭 붙여 머리를 땋는 '디스코 머리'를 땋아주기도 했다. 하지만 엄마는 아빠와 함께 일하느라 늘 바빴다. 지금 생각해보니 그때 엄마는 매일 아침 아침밥을 챙겨주거나, 신경써서 학교 가는 딸의 옷매무새를 다듬어줄 시간적, 정신적 여유가 없었던 것 같다. 엄마는 매일 전날의 피로가 남아 있는 상태로 다시 시작된 일상을 버텨내야 했다. 내 헐거운 말총머리를 보고 한마디했던 엄마에게 우리 엄마가 날 그만큼 아끼지 않아서가 아니라, 일하느라 바빴던 탓에 아침 일찍 머리를 정성껏 빗어줄 여유가 없었다고, 지금이라도 말해줄 수 있다면.

과묵한 사람들은 그러나 어린 나에게는 온 우주이고 세계의 전부였다. 여덟 살의 소원은 침대에서 자는 것이었다. 우리 가족이 살던 빌라 3층에 처음으로 침대가 들어왔다. 나는 우리 가족 중에서 최초로, 유일하게 침대를 갖게 된 사람이다. 침대머리 양쪽에는 스위치를 켜면 은은한 주황색 불이 들어오는 램프도 있었다. 매트리스에서 폴짝폴짝 뛰면서 "이게 꿈인지 생시인지 모르겠어!"라고 말했다. 그 소리에 활짝 웃던 엄마의 얼굴이 연속 반복되는 지아이에프gif 파일처럼 기억 속에 저장되어 있다.

대여섯 살 때다. 아빠와 둘이서 아빠 친구 결혼식에 갔다. 특별한 날에만 꺼내 입었을 공주풍 원피스를 입고 기분이 좋아서 결혼식장 안을 이리저리 돌아다니는데 갑자기 아빠가 보이지 않았다. 놀라서 몸을 왼쪽 오른쪽으로 홱홱 돌려가며 아빠를 찾았다. 이내 한쪽 벽 뒤에 몰래 숨어서 나를 지켜보며 씩 웃는 아빠가 보인다. 당혹감에 모든 세계가 정지된 것처럼 멈췄다가 아빠를 발견한 순간 다시 문제없이 세상은 정상 가동된다. 그때 느껴지던 안도감의 정체는 무엇이었을까.

유치원을 다니던 때 우리 가족은 영등포에 있던 '아미에르'라는 경양식집으로 자주 외식을 갔다. 보라색 분홍색 네온사인으로 장식한 간판이 아직 기억날 만큼 나는 아미에르로 돈가스를 먹으러 가는 날이 좋았다. 식당 안에는 그랜드피아노가 한 대 있었다. 바이엘을 시작한 나는 하루는 악보를 챙겨 가지고 가서 〈비행기〉를 연주했다. "떴다 떴다 비행기 날아라 날아라." 엄마, 아빠는 내가 모차르트라도 된 양 자랑스러운 얼굴이었다. 건반을 치면서도 나는 건너편 테이블에 앉아서 웃고 있는 엄마, 아빠를 계속 곁눈질하느라 바빴다.

나는 엄마, 아빠가 미워질 때마다 버릇처럼 행복했던 유년의 기억 목록을 뒤적거린다. 나를 보고 웃고 있는 어떤 젊은 남자와 여자의 얼굴. 돌이켜보면 그 얼굴들이야말로 내가 기억하는 행복의 전부다.

가정환경 조사서

✳
✳
✳

초등학교에 입학하고 나서 얼마 되지 않아서다. '가정환경 조사서'라는 제목이 붙은 갱지 한 장을 받아왔다. 부모님을 포함한 모든 가족의 이름과 나이, 학력, 직업을 적는다. 자녀의 장점이나 단점을 표기한다. 끝에 가서는 부동산 여부와 집의 평수를 적는 칸도 있었다. 94년의 일이다. 엄마는 고민했다. 학력란을 어떻게 채울 것인가가 문제였다. 처음에는 둘 다 고졸로 적어야 하나를 고민했다. 엄마가 내린 결론은 엄마는 중졸, 아빠는 고졸로 적는 것이었다. 엄마나 아빠 모두 중학교는 고사하고 국민학교도 겨우 다녔다는 것을 엄마는 내게 처음으로 말해주었다.

여덟 살 나에게 엄마, 아빠는 모르는 것도 없고 무슨 일이든 척척 해결하는 히어로물의 주연 배우나 마찬가지였다. 아이들에게 부모는 우주의 전부, 모든 세상을 열고 닫는 세상의 주인이다. 그런 엄마, 아빠가 얇은 갱지 한 장 앞에서 망설이며 작아졌다. 어린 나도 덩달아 긴장했다. 선생님이 이 종이를 보고 나를 싫어하면 어쩌지?

그때 알게 되었다. 우리에게는 감추고 싶은 것들이 있다. 드러내기 어려운 무언가가 있다. 부끄러워진다.

초등학교를 다닐 때 우리 가족은 단층 빌라에 살았다. 커다란 안방이 있고, 그보다 작은 방이 하나 있고, 안방보다는 작고 작은 방보다는 큰, 미닫이문이 달린 거실 겸 방이 딸린 구조였다. 4인 가족식탁을 하나 놓으면 부엌은 몸을 옆으로 돌려가며 이동해야 할 만큼 비좁았다. 초등학교 3학년쯤 되어서 방과 후 친구들 집에 놀러가게 될 때면, 학교 근처에 있는 고층 아파트를 구경할 수 있었다. 일단 엘리베이터를 타는 것이 설레는 일이었고, 널따란 거실에 놓인 가죽소파에 앉는 것이 신났다. 나이가 많은 오빠나 언니가 있는 친구들의 집 구경은 더 재미가 있었다. 중학교나 고등학교를 다니는 친구들의 형제 자매는 언제 입어보나 손꼽아 기다리는 교복을 매일 입고 다녔다. 당시 한창 유행하던 무테안경을 쓰고 다니거나, 대단한 사람이라고만 알고 있던 서

태지의 CD를 모두 모아놓은 장식장도 있었다.

초등학교 3학년 때 담임 선생님이 공책에 자주 숙제를 내주었는데, 그 아래에 짧게 부모님 의견을 적어와야 했다. 엄마는 그때마다 난처해했다. 뭐라고 써야 할지 한참 고민하다가 겨우 짧게 한마디를 적어주었다. 엄마의 곤란함을 알고 나서 나는 기회가 될 때마다 다른 친구들의 엄마들은 공책에 무어라 적어주는지 잘 봐두었다가, 엄마에게 이런 식으로 쓰면 된다고 일러주었다. 내가 불러주는 말을 엄마가 대충 받아적었다. 그러고 나서 다시 보면 군데군데 맞춤법이 틀린 부분이 있었다. "엄마, 읍니다가 아니라 습니다야"라든가, "이건 받침이 달라"라고 오래 망설이다가 이야기하곤 했다. 나중에 나는 아예 어른 글씨체를 흉내내 내가 직접 부모님 의견을 적기 시작했다. 엄마가 "그냥 네가 알아서 써"라고 말했던 것 같기도 하다. 지금 생각해보면 열 살짜리 아이가 흉내낸 어른 글씨체를 담임 선생님이 알아보지 못했을 리 없다.

내가 다른 친구들 공책에서 본 대로 쓴 부모님 의견은, "그런 생각을 했다니 기특하구나"라든가 "다음부터는 이렇게 해보렴"과 같은 실제 우리집에서는 전혀 사용되지 않는 어미로 끝나는 말들이었다. 글이 그렇게 쓰일 뿐, 실제로 그런 식으로 대화하는 집은 아주 드물다는 사실을 알게 되었지만 이런 일상의 단편들이 모여서 친구들과 나의 차이, 우리집과 다른 집의 차이를 구별해갔다.

열둘셋까지 어린 시절의 기억들 중 아직까지 강렬하게 남아 있는 순간은 대개 타인과의 비교 대조가 이루어지던 분리의 순간들이다. '너는 나와 다르다'는 자각 혹은 구체적인 언명과 함께 나는 내가 속한 세계를 인식한다. 넓고 쾌적한 거실, 대학 졸업, ~했구나, ~하렴으로 끝나는 상냥한 말투, 말끔하게 정리된 머리카락은 옳은 것, 좋은 것. 그렇지 않은 것은 부족한 것, 나쁜 것. 어린이의 세계에서 내가 포착할 수 있는 것은 어떤 것은 좋고 어떤 것은 나쁘다는 기초적인 수준의 어렴풋한 '느낌'들 뿐이었다. 하지만 일상에서 스치듯 지나쳐 간 느낌이라는 애매모호한 감정의 결들은 차곡차곡 쌓여 내가 세상을 판단하고, 사람들을 평가하고, 앞으로 처하게 될 상황에서 선택하게 될 나의 취향과 선호의 문제를 결정하는 확고한 기반이 되었다. 어린 시절 친구들, 친구들의 부모님을 관찰하면서 나는 그들과 우리집을 놓고 비교했고, 그건 내가 속한 세계, 우리집, 우리 엄마, 아빠는 어떤 사람인지를 깨달아가는 과정이었던 셈이다.

나는 초등학교 때 영어를 배우지 않은 가장 마지막 세대다. 교육 과정이 개정되면서 바로 다음 년생부터는 초등학교 3학년이 되면 영어를 배우기 시작했다. 열 살이 될 때까지 영어는 나와는 상관없는 다른 세계의 언어였다. 4학년이 되었을 때 친한 친구 두 명과 어울려 노는데 "네가 제일 좋아하는 영어단어가 뭐야?"라고 말하더니 둘이서 이런저런 영어단어를 늘어놓았다. 그러고 나서 셋이서 영어단어를 돌아가면서 하나씩 말하는 놀이를 했는데, 내가 겨우 애플이나 바나나 같은 단어를 대고 바닥이 났을 무렵 친구들은 처음 들어보는 영어단어들을 술술 읊었다. 처음 듣는 단어가 나올 때마다 잘 모르겠다는 표정을 짓는 나에게 "그것도 몰라?"라고 되묻던 어린 친구의 순한 얼굴이 잊히지 않는다. 잘못한 것도 없는데 당혹감과 수치심이 동시에 느껴졌다. 모르는 걸 모른다고 말하는 건 어쩐지 자존심이 상하는 일이었다. 그날 집으로 돌아와 엄마에게 친구들이 얼마나 영어를 잘 하는지를 약간은 분한 마음으로 설명했고 영어학습지를 하겠다고 말했다. 그 뒤로 일주일에 한 번 집으로 찾아오는 선생님과 함께 처음 영어를 공부했다.

나는 의욕이 넘치는 초등학생이었다. 선생님께 예쁨 받으려 열심이었다. 선생님의 인정과 칭찬은 정신을 살찌웠다. 그건 집에서 느끼지 못한 다른 차원의 고양감이었다. 돌이켜 생각하면 그건 어떤 열망이었다. 누구보다 뛰어나고 싶은 정신적 욕구랄까. 그런데 초등학생의 넘치는 열망을 스스로 채우는 방법을 몰라 시행착오가 많았다. 친구네 집에 놀러 가서 본 책이나 학습지를 기억해두었다가 엄마에게 사달라고 이야기하거나 교과서에 나오는 문제의 모범답안이 적힌 '전과'를 사서 교과서와 맞춰보는 것이 학교에서 내가 품은 열망을 실현하기 위한 거의 유일한 대비책이었다.

그러나 나는 줄곧 어떤 결핍을 느꼈다. 이것은 간단히 충족될 수 있는 수준의 문제가 아니었다. 지금부터 열심히 노력하면 되는 것도 아니었고 돈으로 사면 그만인 것도 아니었다. 엄마와 아빠가 자라온 모든 경험에서 자기도 모르는 사이에 보고 들어온 장면과 이야기들, 의식하지 못하는 사이에 습득해서 너무나 자연스럽고, 그래서 쉬 바뀌지 않는 삶의 모든 방식들의 총합. 이를테면 자주 쓰는 단어와 말투, 젓가락 쥐는 법이나 이를 닦고 물로 헹구는 사소하지만 일상을 장악하고 있는 습관과 버릇들, 온갖 행위의 양태들 말이다. 아무렇지 않게 몇 줄이고 글을 줄줄 쓰거나 틀린 맞춤법에 예민하게 반응하는 감각은 이를테면 대대로 학자로 살아온 집안에서는 숨 쉬듯 편안하고 자연스러운 일이지만, 우리집은 그렇지 않았다. 한마디로 우리집이 가진 문화 자본은 빈약했다. 사는 동안 보이지 않게 서서히 축적되는 독특한 자본은, 단숨에 따라잡기 어려운 것이었다.

돈 없고 가난한 시절에 질려 무조건 부자가 되겠다던 젊은 동갑내기 부부의 첫째 딸인 나는 맹목적인 열망을 배웠다. 따지고

보면 그게 우리집의 자본이었다. 자신이 처한 어려움에서 벗어
나서 남들보다 뛰어나려는 열망 말이다. 오래도록 죄책감에 시
달렸다. 자기 일을 향한 책임감과 성실함, 들끓는 열망 같은 자
본보다 나는 영어를 아무렇지 않게 말하거나 밤늦게 책을 읽는
자본을 부러워했으니까 말이다.

꿈의 크기

✱
✱
✱

　어릴 때부터 내가 보아온 어른들은 스프링 공장을 같이 운영하는 엄마, 아빠와 비슷한 일을 하는 아빠의 친구들, 그 아저씨들과 가정을 꾸린 아주머니들, 그리고 역시 시골에서 상경해 생업 전선에 뛰어든 이모와 고모들, 삼촌들이었다. 우리집을 포함해서 대부분은 경제적으로 쪼들렸다. 바람 잘 날이 없었다. 먹고살기를 둘러싼 다종다양한 갈등의 서사가 끊이지 않고 이쪽저쪽에서 들려왔다. 가끔은 희극이었고, 더러는 비극이었다. 돈은 있다가도 없고, 없다가도 생겼지만, 다른 층위의 자본으로 넘어가면 이야기가 달라졌다. 태어남과 동시에 자기 의지와는 상관없이 일상에 스며드는 문화 자본은 개인의 노력과는 무관한 영역이다.

의사나 법조인, 교수나 정치인, 사람들이 선망하는 직업을 가진 사람들은 텔레비전 속에서만 만날 수 있었다. 여덟 살 때 어떤 아주머니가 넌 꿈이 뭐냐고 묻기에, 난 1초도 망설이지 않고 "변호사요"라고 말했다. 엄마는 나에게 "전문직이 되어야 한다"는 말을 자주 했다. 전문직이 무엇인지도 몰랐지만, 엄마는 그것이 변호사나 검사 같은 거라고 설명해주었다. 꿈을 물었던 아주머니는 "꿈도 참 야무지구나"라고 대꾸해주었는데, 그것이 사실 그대로 꿈이 원대하다는 말을 되풀이해준 것인지, 아니면 이면에 다른 뜻이 숨어 있었는지 오랜 시간 고민했다.

고위 공직자들의 뉴스 중 유난히 귀를 기울이게 되는 것이 있다. 그들의 자녀와 관련된 문제가 언론에 등장할 때다. 그들의 자녀는 내가 어린 시절 텔레비전에서만 보았던 사람들을 현실 속에서 숱하게 마주쳤을 것이다. 부모의 인맥이 그들이 어느 대학이든 지원해도 좋을 생활기록부를 만드는 데도 큰 도움이 되었을 것이다.

중학교에 입학하고 우리집 사업은 어느 정도 자리를 잡았다. 덕분에 대학 시절 비싼 돈을 들여 미국 어학연수도 다녀왔고, 취준생 딱지를 달고 땡전 한푼 못 벌고도 2년 넘게 백수일 수 있었다. 그럼에도 나는 불만스러웠다. 우리집엔 진짜 중요한 자본이 없는 것 같았다. 가난을 벗어나기 위해 누구보다 성실히 앞만 보고 살아왔지만, 노력만으로는 범접 불가능한 영역이 존재했다. 유명 정치인들의 자녀 문제가 불거져 나올 때마다 나는 코끼리 귀가 되어서 그들의 부도덕을 경청했다. 좋은 학군에서 학교를 다니게 하기 위한 위장전입, 정책상으로는 특목고를 반대하지만 자녀는 외고나 과고를 다니거나 이미 미국에서 유학하고 있는 경우, 군대를 가지 않은, 일반 병사보다 더 많은 휴가를 받은 자녀들의 케이스, 그들의 화려한 인맥, 그 인맥만큼이나 화려한 자녀들의 생활기록부. 그런 뉴스들은 분명히 내 마음을 병들게 했다.

　나의 20대를 잡아먹은 것은 '도저히 해도 안 될 것 같다'는 체념의 정서였다. 희망이 없다. 미래가 없다. 그래서 포기한다. 이렇게 저렇게 포기하다가 한국의 젊은이들은 삼포세대에서 칠포세대로 점점 포기의 범주를 확장해갔다. 넘지 못할 산은 쳐다도 보지 않는 것이 정신건강에 이로웠다. 도전하면 할수록, 공들인 만큼, 실망하고 상처받았다. 나를 지키기 위해서 아무것도 시도하지 않았다. 안전한 선택만 하기로 했다. 하향지원했다. 기준을 낮춰 잡았다. 도전 후 실망하고 아프지 않을 만큼만 정성 들였다. 내가 가진 잠재력의 크기도 그만큼 축소되었다. 꿈의 크기도

대폭 줄었다. 변호사도 기자도 아니었다. 그냥 어디든 아무데나 좋으니 취업이나 했으면. 그리고 그쯤부터 꿈이 뭐냐고 묻는 어른들의 질문이 두려워졌다.

부부싸움

    서로 소리를 지르고, 몸을 부딪치고, 잡동사니가 깨지고 구르는 밤에 이불을 뒤집어쓰고 두 손으로 귀를 막고 울었다. 밤은 길었다. 전쟁과 같은 포화를 피해 피난 갈 곳도 없었다. 그저 서로가 서로에게 지쳐 소란이 잦아들고 어서 밝은 아침이 오길 바라는 수밖에. 내일 학교에 잘 갈 수 있을까? 잠들지 못한다. 생각이 멈추지 않는다. 그러다가 까무룩 잠이 든다. 집은 더 이상 안전하고 따뜻한 장소가 아니다. 지구에 홀로 부유하는 듯한 절절한 고독은 엄마, 아빠가 서로를 미워하던 때 배웠다.

    영화 <벌새>를 보며 나는 그때의 공기를 들이마셨다. 지난밤 악을 쓰던 두 사람은 아무 일도 없었던 것처럼 여느 때와 같은 아침을 맞고 있다. 평화로운 무드로 휴일 방송되는 TV를 보며 순한 표정을 짓고 있는 러닝셔츠 차림의 아빠와 밥을 하고 국을 끓이고 있는 엄마. 그때 불같이 타오르는 배신감이란. 전날 밤 겁에 질려 이불을 머리까지 뒤집어쓰고 엉엉 울다가 잠이 들었는데, 아무 일 없었다는 듯 또 다른 하루가 시작된 거다. 그런 아침에 겪었던 혼란스러움, 그것을 뛰어넘는 안도. '다행이다.'

어린 시절을 떠올리면 무수한 물음표가 꼬리를 문다. 그때 나는 어떤 감정을 느꼈나? 말할 수 없다. 아이들에게 허락된 언어는 많지 않다. 지난밤 엄마, 아빠가 서로를 집어삼킬 듯 싸웠고, 집은 폭풍이 지나간 것처럼 엉망진창이 되어버렸다는 사실이 머릿속에 끊임없이 재상영되었다. 슬프고 무서워서 울음이 났을 뿐, 그것이 우울이고 고독이고 수치이고 외로움이라고 말할 수 없었다. "그저 슬프고 무서워서 울었어"라고 터놓을 곳도 없었다. 오롯이 혼자서만 기억한다. 엄마, 아빠가 싸웠다는 이야기를 친구들에게 할 수는 없었다. 그게 자랑할 만한 일이 아니라는 건 어려도 알고 있으니까. 누구에게도 나눌 수 없는 일들을 혼자 곱씹으며, 외로움이 밀가루 반죽처럼 부풀어간다. 말해지지도 쓰이지도 않는다. 중학생이 되고 나는 어릴 때보다 더 많은 언어를 가지게 되었고 혼자서 일기도 쓰기 시작했지만 엄마, 아빠의 다툼에 관해서는 쓰지 않았다. 오로지 나만이 볼 수 있는 가장 내밀한 백지에도 쓰지 않았다. 그런 일은 없는 일이길 바랐다. 그래서 쓰지 않았다.

없는 일이기를, 잊히기를 바랐던 기억들, 그래서 누구에게 말하지 않고 글로도 쓰지 않았던 기억들은 내 바람과는 달리 어른이 된 지금까지 가장 강렬하게 오래도록 남아 있다. 거기 그대로 남아 더 진하게 각인된다. 그러나 여전히 그게 무엇이었는지, 왜 자꾸만 나타나 나를 괴롭게 하는지 정확히 설명할 수 없다. 무력한 자신을 마주한다. 말과 글이 없던 시절, 세상의 모든 언어를 배우기 이전, 언어가 부족했던 때, 해명되지 못한 사건들이 그 자리에 우뚝 서 있다.

넷플릭스 드라마 <굿 플레이스>는 죽음 이후의 세계를 다룬다. 이들의 삶은 평생 동안 감시, 관찰되고 선한 행동을 할 때마다 포인트가 적립된다. 죽고 나면 일정 수준의 포인트를 쌓은 사람들은 굿 플레이스로, 그렇지 못한 사람들을 배드 플레이스로 보내진다. 네 명의 주요 인물들이 어떻게 굿 플레이스 혹은 배드 플레이스로 오게 되었는지를 회상하는 장면들을 보며 우리는 이들이 어째서 착한 사람 혹은 나쁜 사람이 되었는지를 알게 된다. 어떤 가족을 만나 어떤 유년 시절을 보냈는지, 어떠한 기억들이 그들에게 남아 있는지, 그들의 성격을 형성하는 데 어떤 영향을 미쳤는지를 알게 된다.

치디는 윤리철학 박사다. 윤리적으로 하늘을 우러러 한 점 부끄러움 없이 살아왔다. 하지만 심각한 우유부단함과 결정장애로 의도치 않게 타인에게 많은 고통을 안겨준다. 치디는 극 중에서 인간이 할 수 있는 가장 근원적인 질문을 던지고 그에 대한 답을 얻기 위해 고군분투하는 지성인의 표본이다. 그의 유년 시절 회상 장면 중 하나다. 유치원생 치디는 잠든 사이 거실에서 다투는 부모님의 목소리를 듣고 일어나서 갑자기 책을 펼친다. 다음 날 아침 치디는 엄마, 아빠를 불러내 프레젠테이션을 펼친다. 발표 주제는 "왜 두 사람이 이혼해서는 안 되는가"다. 논리정연한 발표 이후 치디의 부모님은 부끄러움과 애틋함이 교차하는 표정을 짓고 함께 치디를 유치원에 데려다준다.

드라마이기 때문에, 이 과정은 매우 아름답고 차분하게 그려진다. 치디의 부모님은 아이가 깰까봐 목소리를 최대한 낮추고 소근소근 다퉜지만 우리 엄마, 아빠는 동네가 떠나가라 악을 썼다. 나도 치디와 같은 입장이 되어본 적이 있다. 심하게 다툰 다음 날 엄마가 집에 없을 때 아빠는 나와 내 동생을 거실로 불러냈다. 더 이상은 도저히 살 수가 없다, 이혼을 해야겠다고 말했다. 아빠는 차분하고 담담했다. 나는 치디보다 훨씬 자란 고등학생이었다. 그런데도 논리정연한 발표는 고사하고 눈물을 줄줄 흘리면서 안 된다고 반복해서 말했던 것 같다. 그때 내가 정확히 무슨 말을 했는지는 잘 기억나지 않는다. 어쨌든 요지는 '엄마, 아빠가 이혼하면 안 된다'는 것이었다.

치디는 어른이 되어 이때의 기억을 다시 떠올린다. 엄마, 아빠가 다시 마음을 다잡고 그 뒤로 잘 지낼 수 있었던 이유에 대해, 그는 "겁에 질린 아이가 두 분이 필요하다고 말하는 걸 보면서요"라는 대사를 덧붙인다. 그래, 맞다. 나는 겁에 질려 있었다.

엄마, 아빠는 살면서 종종 못 살겠다, 이혼해야겠다는 말을 했다. 지나고 생각하니 그건 어쩌면 '나를 말려달라'는 특이한 방식의 요구였다는 생각이 든다. 그것도 아주 위협적인 요구. 부모의 불화는 어린 자녀에게 생존이 걸린 불안과 공포를 심어준다. 대학생이 된 이후로 둘이 다툴 때면, "이럴 거면 그냥 이혼해. 이렇게 계속 불행하게 살면서 나까지 불행하게 만들지 말고"라고 말하며 앙갚음하듯 모진 말을 했다.

마찬가지로 "너희들 때문에 참고 산다"는 말 역시 최악의 대사다. 부모의 불행을 담보로 내 삶이 유지되고 있다는 사실을 알리는 충격적인 진술이다. 내면에 커다란 죄책감이 싹튼다. 자신으로 하여금 누군가가 불행하다는 사실을 알게 된 아이가 행복하게 살아갈 수 있을 리 만무하다. 불행이 대물림되는 것은 너무 쉽다. 죄 없는 어린아이들은 타인의 불행을 안고 함께 우울해진다.

동생들과 나 1

***
*
*

엄마는 아빠와 크게 싸우고 나면 간혹 자취도 없이 집에서 사라졌다. 학교에 갔다가 집에 왔을 때의 오묘한 적막을 기억한다. 엄마가 집에 없다는 사실은 듣거나 보지 않아도 공기가 피부에 닿는 순간 알게 되었다. 집 안의 기류가 달라져 있다. 엄마는 어디로 갔을까. 궁금하고 불안했다. 지금 생각해보면 엄마가 집을 나가서 가장 전전긍긍이었던 건 내가 아니라 아빠였던 것 같다. 심란한 표정의 아빠는 엄마가 집을 나가면 부엌에서 밥을 하고 찌개를 끓이거나 생선을 구워놓고 우리에게 하루종일 밥을 먹으라고 닦달이었다. 엄마가 있을 때는 전혀 없던 일이었다.

엄마의 부재는 온갖 복잡하고 성가신 문제들을 불러왔다. 한 번은 엄마한테 내 휴대폰으로 전화가 왔다. 수북이 쌓였을 빨래가 걱정이 되었던 것 같다. 전화를 통해 빨래를 넣고, 버튼을 누르고, 세제를 넣으라고 말해주는데 세탁기에 그렇게 많은 버튼이 있고 그걸 움직이게 만드는 것이 그렇게 복잡하다는 사실을 그때 알았다. 엄마, 아빠가 싸우고, 엄마는 나가버리고, 그런 엄마는 전화를 걸어 나에게 빨래를 시키고, 말을 듣지 않는 세탁기 앞에 서 있는 상황은 중학생이었던 나에게 비극의 한 장면처럼 남아 있다. 그때의 내가 얼마나 절망적이었는지, 나중에 우리 둘다 어른이 되었을 때 여동생은 중학교를 다니던 내가 울면서 세탁기를 돌리던 장면을 용케 기억하고 있었다.

남동생이 유치원을 다닐 때다. 저녁이 됐는데 엄마가 집에 없었다. 그날도 집에는 적막만이 감돌았다. 나는 남동생을 욕조로 데려가 깨끗이 씻겼다. 머리를 감기고 온몸에 비누칠을 해주고 물을 뿌려주었다. 동생이 다음 날 꾀죄죄한 몰골로 유치원에 가는 게 마음에 걸렸다. 아무도 신경 써주지 않은 동생을 나라도 돌봐야 하지 않을까. 나는 왜 그런 것들이 걱정이 되었을까. 아니, 왜 엄마, 아빠는 나에게 이런 것들을 신경 쓰게 만드는 것일까? K장녀 DNA가 나에게도 심겨 있는 것일까. 엄마 대신 세탁기를 돌리는 것도, 꼬질꼬질한 동생의 낯짝을 씻기는 것도 언니나 누나가 할 일이라고 생각했다.

모든 게 환경 때문이라는, 인간은 그가 속한 문화에서 요구받는 것들을 자연스럽게 익히고 습관적으로 그렇게 행동하게 된다는, 다시 말해 인간은 어디까지나 사회적 구성물이라는 것. 대학원에서 공부하면서 구조주의자들의 이론에 푹 빠졌다. 과거에 그런 이론에 대해 전혀 알지 못했지만, 나는 수능 직후부터 취업준비를 하는 내내 이미 구조주의의 신봉자였던 셈이다. 인간은 환경의 산물이다. 전통과 법률, 관습과 규범이 규정된 문화 속에 태어난 인간이 이 세상에서 자신의 의지만으로 선택하고 결정할 수 있는 것들이 많지 않다. 훌륭한 자질을 갖추고 태어나도 어떤 환경 속에서는 무럭무럭 자라 꽃을 피우고 열매를 맺는 반면, 어떤 환경 속에서는 맥없이 말라 비틀어질 것이다.

여동생은 어릴 때부터 조용하고 내성적이었던 나와는 달리 명랑하고 쾌활하다. 감정 표현에 거침이 없다. 좋으면 난리가 나고, 마음에 안 들면 버럭 짜증을 낸다. 스무 살이 되고 나서 집에 도통 붙어 있지를 않는 여동생을 엄마는 탐탁지 않아 했고 둘은 집이 떠나가도록 다툴 때가 있었지만 뒤끝은 없었다. 갈등이 생기면 몇 날 며칠을 무언으로 일관하며 골을 더 깊게 만드는 쪽이었던 나는 언제든 훌훌 털어버릴 만큼 가쁜한 동생의 감정의 무게를 부러워했다. 전문대학교를 들어가 일찌감치 졸업을 하고 지방에서 사회생활을 시작한 동생은 나보다 앞서 독립을 하고 자취를 했다. 스무 살이 되자마자 전혀 다른 도시에서 낯선 사람들과 어울려 살게 된 것이다. 그사이에 동생이 겪은 환경과 사람들은 가지각색의 인상을 남기며 갓 어른이 된 스무 살을 길러냈을 것이다. 그러는 동안 동생은 무슨 바람이 들었는지 일을 그만두고 영어 공부를 시작했고 편입에 성공해 다시 대학에 들어갔다. 나중에 동생은 나중에 자기가 공부를 하게 된 건 내 덕분이었다며, 그 공로를 인정해주었다. "회사를 다니더라도 책을 많이 읽어야 해. 공부를 해야 해. 사람은 어차피 계속 배워야 하는데, 이왕이면 어릴 때 하는 게 좋잖아." 나는 방학 때나 쉬는 날 집에 오는 동생에게 자주 이런 식의 이야기를 했던 것 같다. 그렇게 하지 못해서 괴로워하는 엄마, 아빠를 보아오지 않았는가. 교복 입고 학교 가는 게 소원이었다는 이야기가, 어린 나에게까지 느껴지던 열등감이, 후회와 회한들이, 어떤 식으로든 반복되지 않기를 바랐다. 배우지 못한 설움을 가장 가까이에서 관찰했던 나에게 공부는 특별한 위상을 지니게 되었다. 교육 과정에서 이탈하거나 학교생활에 충실하지 않은 것이 나에게는 불행의 이미지로 자리 잡은 것이다.

하지만 왜 같은 부모 아래 자라난 나와 내 동생이 학업 문제와 관련해 비슷한 성장 과정을 겪지 않았는지는 알 수 없다. 같은 환경에서 자랐지만, 그것을 수용하는 기질이 달랐기 때문일까? 동생은 무역학과를 졸업하고 바로 취직을 했고, 한곳에서 3년 넘게 일을 한 뒤 더 좋은 직장으로 이직을 했다. 학창시절 내내 모범생이었던 나는 번번이 구직에 실패했고 '자소설'을 쓰며 괴로워했다. 가끔 둘이 밖에 나가서 밥을 먹거나 술을 마시면 나는 "어릴 때 집에서 날 외국으로 보내줬다면", "그때 진작 엄마가 그런 걸 시켜줬다면" 하면서 "우리집은 교육에 너무 관심이 없었다"와 비슷한 한탄을 하곤 했다. 동생은 처음에는 어느 정도 맞장구를 쳐주다가도 "지겹다, 그런 이야기 좀 그만해라"라며 나를 타박했다. 동생은 그런 과거에 대한 원망이 없어 보인다.

동생들과 나 2

*
**
*

나와 여덟 살 차이가 나는 남동생은 부모님과 두 누나의 귀여움을 독차지하고 자랐다. 그런데 이 아이는 공부에는 전혀 관심이 없었다. 엄마는 어째서인지 남동생의 학업에 대해서는 굉장히 속을 끓였다. 꼭 그게 학업 문제라기보다, 동생의 지나치게 태평한 성격과 엄마의 성실함에 대한 지나친 강요가 일으킨 갈등이었다. 심각할 것도, 진지할 것도 없다. "너는 무슨 고민 같은 거 없어?"라고 물으면 "난 너무 행복한데?"라는 심플한 대답이 돌아온다.

나는 장녀로 태어났고 동생이 두 명 있다. 어린 시절부터 책임감이 강하고 의젓한 편이었다. 내가 첫째여서 특별히 책임감이 있고, 감정 표현이 박한 무뚝뚝한 부모님과 자라 내향적인 성격이 되었다거나, 배우지 못한 아쉬움을 토로하는 부모님 탓에 공부에 열성적으로 매달렸다고 이야기하는 건 어느 정도는 그럴듯하지만, 뚜렷한 인과성은 없다고 봐야 할 것 같다. 나와 동생들은 한집에서 20년 이상을 한 부모님과 함께 살았지만 제각각이다. 나를 구성한 것은 오로지 부모님이거나 우리집이 아니었다. 어릴 때 어른들을 만나면 열이면 여덟, 아홉 번을 들었던 이야기, "어쩜 아빠랑 똑같이 생겼네." 부모의 DNA가 자녀에게 유전될 때 과정을 '전사傳寫'라고 부른다. '베껴 쓴다'는 말이다. 나는 분명 엄마, 아빠의 외적 형질의 일부가 복사된 인격체다. 그뿐만이 아니다. 둘의 식성, 말투, 행동방식, 사고방식을 베껴 썼다. 어른을 만나면 어떻게 예의를 갖춰야 할지, 이는 어떻게 닦고 세수는 어떻게 하는지, 언제 웃고, 언제 울지, 식당에서 음식주문은 어떻게 하는지, 가격흥정은 어떻게 하는지. 무수히 적어내려가도 끝나지 않을 만큼의 모든 삶의 구체를 베꼈다.

청소년기를 지나 어른이 되어갈수록 나는 절대로 엄마, 아빠처럼 살고 싶지 않다고 생각했다. 하지만 닮은 얼굴로, 베껴 쓴 말과 행동을 반복했다. 화가 날 때, 일이 꼬여 앞이 막막할 때, 닮고싶지 않았던 바로 그 방식으로 분노를 표출하거나 부정적인 말들을 늘어놓았다. 사랑하지만 미워도 하는 관계. 가족과 '애증'이라는 단어를 붙여 쓴다면, 아마 그건 이런 모순된 마음을 표현한 형태일 것이다.

생물학적 DNA와 문화적 DNA. 사람들은 저마다 두 가지 유전 정보를 물려받는다. 의지와 무관하게 선택한 적 없는 형질을 타고난다. 그런데 그것들을 조합해보고 교차시키는 것은 적어도 내 안에서 일어나는 현상들이다. 도대체 그것이 무엇인지 알 수 없지만, 모든 사람에게는 그 사람의 고유하고 특별한 기질이 숨어 있다. 여동생, 남동생과 부대껴 살며 그들의 삶을 관찰하고 대화를 나누면서, 어째서 이들과 나는 이다지도 다를까를 오랫동안 생각했다. 엄마, 아빠가 다투면 내 방에서 나가지 않고 며칠을 퉁명스럽게 굴었던 나와 달리, 남동생은 엄마에게 "우리 여행갈까?"라고 묻고는 우울한 엄마의 기분 전환을 위해 나섰다. 어릴 때 엄마가 매를 들면 고개를 푹 숙이고 묵언 수행에 돌입해서 엄마의 화를 돋우던 나와 달리, 여동생은 울며불며 이리 뛰고 저리 뛰면서 "엄마 잘못했어!"라고 난리를 피웠는데, 잔뜩 화가 난 엄마는 그런 동생을 보고서 웃음을 참지 못하고 결국 손에 쥐고 있던 파리채를 내려놓곤 했다. '이게 다 엄마, 아빠 때문이다!'라는 나의 논리는 어느 부분에서는 통하기도 했지만 상당 부분 잘 들어맞지 않았다. 나는 확실히 꼬인 데가 있었다. 그리고 왜 그렇게까지 꼬였는지 집요하게 물고 늘어지는 근성도 있었다. 그게 특이한 나만의 기질이었다. 그래서 이렇게 과거와 기억을 끈질기게 되짚어가고 있는지도 모르겠다.

수치심을 지나치게 예민하게 느끼는 것도 나의 특이점 가운데 하나였다. 대학원 입학과 함께 나를 괴롭게 하는 열등감. 열등감은 불치병인가? 자연치유 혹은 자가치유되지 않는 것인가? 중간중간 자신감을 회복하는 시기도 반짝 있었지만, 어쨌든 나는 종종 학교에서 집으로 돌아오는 버스-지하철에서 스스로를 무척이나 못살게 굴곤 했다. 나는 왜 이것밖에, 왜 이렇게밖에는 못하는가! 채찍질을 하면서.

나는 나의 지적 욕구의 절반 이상이 어릴 때부터 직간접적으로 체험한 엄마, 아빠의 '배우지 못한 설움 내지 한'에서 비롯되었다고 믿는다. 배우지 못한 엄마, 아빠의 삶은 내 어린 눈으로 보기에도 너무 심한 열등감으로 가득 차 있었다. 어느 날은 밖에서 누군가가 자신을 무시했다고, 어떤 날은 네가 날 무시했다고, 또 어떤 날은 서로가 서로를 무시했다고, 어떤 날은 어린 내가 그들을 무시했다고. '무시당했다'는 생각은 상대방이 실제로 무시할 의사나 의도가 없다 하더라도 자기 내면에서 완전하게 성립한다. 그 마음이 어쩌면 '나는 무시당할 만하다'라는 낮은 자기 평가로부터 기인했던 게 아닐까 생각한다. 나는 배운 게 변변치 않으니 남이 무시할 만한, 무시해도 되는 사람이라는 그런 자기 평가. 이런 마음을 어린 시절 엄마, 아빠의 화, 분노, 절망에서 나는 보았던 것 같다. 그건 다양한 삶의 측면에서 일어나는 화, 분노, 절망이었지만, 실상 근원은 모두 하나였다. 자신을 사랑할 줄 몰랐던 무지함. 나는 어릴 때에는 그저 둘의 화기가 두렵고 무서워 울었지만, 지금은 자기를 사랑하는 방법을 몰랐던 30대 남자, 여자에 대한 안타까움으로 목이 멘다.

그러니 나는 적어도 배우지 못해서 스스로를 미워하지는 말아야겠다고, 물론 이렇게 생각하지는 않았지만, 그 비슷한 어떤 열망을 품게 되었을 것이다. 무언가를 잘 모르는 건 부끄러운 일이라고. 분노하는 엄마, 아빠를 나는 부끄러워했다. 나는 저런 어른이 되고 싶지는 않아. 나는 이 마음이 얼마나 오랫동안 나를 괴롭게 할지 미처 알지 못했다. 엄마, 아빠를 부끄러워하는 마음은 나에게 너무나 무거운 죄책감을 심어주었다.

엄마, 아빠에 대한 부끄러움은 나에 대한 부끄러움으로 아주 자연스레 자리 잡았다. 나는 그 열등감이 무엇인지 안다. 본능적으로 안다. 그 열등감을 알고 느낀다는 것 자체가 스스로 나를 사랑할 수 없게 만드는 이유가 되기도 했던 것 같다. 이런 구질구질한 감정 같은 건 모른 채 해사하게 웃는 사람들이 그저 부러울 뿐. 열등감은 또 다른 열등감을 낳는다.

하루는 무언가 겉도는 기분에, 그리고 불충분한 나를 직면하는 상황에, 몹시도 괴로워하며 집으로 돌아왔다.

집에 와서 남동생에게 물었다. "너는 네 주변 사람들이 너무 똑똑하면 어떻게 해?"

나는 그게 괴롭다. 나는 도대체 왜 이것밖에 안 되는 거야. 다들 이렇게 잘났는데.

"그럼 좋은 거 아니야? 모르는 거 있으면 다 물어볼 수 있잖아."

"음…… 새로운 관점이군."

맥주를 한 캔 꺼내 방으로 돌아왔는데 응어리진 마음이 풀어졌다. 저런 말을 할 줄 아는 사람도 나와 같은 엄마, 아빠가 키운 자식이다. 이건 참 신기한 일이다. 내가 두려웠던 건 열등감이 유전된 건 아닐까 하는 불안이었다. 마치 대물림되는 어두운 내력처럼. 그런데 그건 아닌 것 같다.

가장 열렬한 응원자

✳
✳
✳

수능시험을 마치고 학교 밖으로 나왔을 때 어스름히 해가 지던 초겨울의 초저녁, 북적이던 교문 앞에서 나를 발견하고 반갑게 손을 흔들던 엄마의 얼굴이 떠오른다. 가장 열렬한 나의 응원자. 엄마를 그렇게 기억한다. 여섯 살 유치원에 다닐 때다. 어머니와 동행해 소풍을 갔다. 그날의 하이라이트는 세발자전거 대회였다. 누가 제일 빨리 결승선을 통과하느냐였다. 세발자전거 대회가 각별하게 남아 있는 것은 이것이 내가 기억하는 인생 최초의 '경쟁'이었기 때문이다.

반드시 가장 먼저 결승점을 통과해 1등이 되어야 한다는 감각은 거의 경기장 안으로 튀어 들어올 듯 상체를 내밀고 폴짝폴짝 뛰며 나를 응원하는 엄마의 얼굴 때문이었다. 그 열정적인 몸짓과 얼굴을 나는 지금도 얼마든지 완벽하게 구현해낼 수 있다. 그때 어떤 옷을 입고 어떤 머리 모양을 하고 있었는지까지 정확하게. 나는 잔디 위를 달리다 하필이면 박혀 있던 돌부리에 걸리면서 한 번 주춤했다. 그 순간 아쉬워하며 탄식을 내지르던 엄마의 목소리와 얼굴이 클로즈업 된다. 네 번째로 결승선을 통과해 48색 크레파스를 선물로 받았다. 그렇게 많은 색깔의 크레파스는 처음이라 엄청나게 신났지만, 엄마는 연발 "돌에 걸리지만 않았으면 1등인데!"를 반복하며 아쉬워했다. 4등을 해서는 마냥 기뻐할 수만은 없다는 것을 어렴풋이 깨달았다.

그 이후로 지금까지 무엇을 하든 누구도 엄마만큼 나를 열렬히 응원해준 사람은 없다. 대학 졸업 후 미국 LA 한인 라디오 방송국에서 인턴으로 일했다. 리포트 한 꼭지 읽는 걸 들으려고 엄마가 인터넷으로 매일 라디오를 틀어놓았다는 건 나중에야 알게 되었다. 인턴 기간이 끝나고 엄마와 동생들이 여행차 LA로 왔는데, 공항에서 게이트로 빠져나오자마자 나를 발견하고 두 팔을 양쪽으로 활짝 벌리고 날 향해 뛰어오던 엄마의 얼굴 역시 생생하다. 미국에서 일하는 나는 엄마에게 대단한 자랑거리였다. 그 후 한국에 돌아와 오래도록 취직을 하지 못했을 때, 엄마는 나보다 더한 스트레스를 받았던 것 같다. 괜찮은 일자리를 직접 알아보기도 했다. 취준생인 나는 무기력했다. 굴을 파고 점점 더 깊은 곳으로 숨기만 했다. 겨우 취직을 했고, 오래지 않아 다시 회사를 그만두었을 때 엄마는 또 아쉬워했다. 어릴 때부터 남달랐던 첫째 딸이었는데, 그 딸은 어른이 되어 어쩐지 그만한 성과를 내지 못했다.

높은 수준의 기대와 열정은 나에 대한 것이라기보다는 엄마 자신을 향하고 있었던 건 아닐까. 엄마에게 나는 엄마가 살지 못했던 삶을 다시 살고 있는 또 다른 엄마 자신이었던 것이 아닐까.

초등학교 2학년 때였다. 글짓기 숙제가 있었다. 선생님이 정해준 주제로 200자 원고지 세 장을 채우는 것이었다. 원고지 사용법도 모르겠고, 거기에 한 편의 '글'이라는 것을 어떻게 쓰는 것인지, 도통 알 수 없었다. 엄마에게 도움을 청했다. 지금 생각해보니 엄마 역시 원고지에 글을 써본 적이 없었으니 막막했을 것이다. 엄마는 이모부에게 도움을 요청했다. 이모가 근처에 살았다. 엄마 생각에 내 숙제를 부탁할 만한 지인으로 이모부만큼 적격자는 없었다. "이모부는 그래도 고등학교는 나왔어."

첫째 줄은 비우고, 두 번째 줄에 제목을 가운데 정렬하여 쓴다. 무슨 초등학교 몇 학년 몇 반을 또 한 줄을 비운 뒤 쓴 다음에, 다음 줄에 바로 붙여 이름을 쓴다. 그리고 다시 한 줄을 비운 뒤 첫

칸을 비우고 글을 시작한다. 제출한 글은 선생님께 칭찬을 받았다. 아무리 아홉 살 글쓰기를 흉내낸다 해도, 어른이 써준 글 아닌가. 이모부가 써준 원고지를 여러 번 보고, 그 형태를 외우고, 규칙과 질서를 익혔다. 네모 칸에 하나씩 자리를 잡아가는 언어의 배열, 그 가지런함에 매료되었다. 형식을 몰랐을 뿐, 내가 아는 내용으로 원고지 세 장을 채우는 건 충분히 스스로 할 만하다고 생각했다. 그 뒤로 나는 더는 누구에게도 도움받지 않고 스스로 원고지에 글을 썼다.

엄마, 아빠의 갈등이 최고조에 달했던 건 내가 중학교에 다닐 때였던 것 같다. 글짓기 대회에 글을 내보자는 담임 선생님 말에, 원고지 대략 열다섯 장 분량의 글을 썼다. '전국 청소년 순결 글짓기 대회'였는데 당시 쓴 글은 흔적도 남아 있지 않고, 열여섯의 내가 청소년의 순결에 대해 무슨 이야기를 썼는지 전혀 기억이 나지 않는다. 기억에 남은 것은 따로 있는데 역시 아빠와 부부싸움을 하고 나서 말이 없던 엄마가 내게 한 말이었다. 상금으로 20만 원인가를 받았던 것 같은데, 엄마는 "그게 돈 같지가 않고 이상하네"라고 말하며 오랜만에 웃었다. 뿌듯했다. 나는 엄마의 자랑이었다.

엄마는 다정하고 따뜻한 말은 잘하지 못했으니까. 대신 엄마가 보내는 무형의 메시지를 해독할 뿐이다. 자랑스러움, 뿌듯함, 기대, 아쉬움, 그 모든 것을 내 방식대로 기억한다. 이건 나름의 생존전략이기도 했다. 표현에 서툰 엄마를 읽어내야 하는 것은 계속되는 숙제다. 가뭄에 콩 나듯 하는 사랑의 말, 그럼에도 나는 마르거나 썩지 않고 무럭무럭 잘 자랐다.

엄마가 울면 아이는 슬프다

*
**
*

베란다에서 서럽게 우는 소리가 들렸다. 나도 따라 눈물이 났다. 울음소리를 들으면서 이불 속에서 같이 울었다. 밤늦은 시간, 집 안에 모든 불은 꺼져 있었다. 불안해졌다. 이불을 걷고 거실로 나왔다. 베란다로는 가지 못하고 멀찍이 물러서서 얼마간 따라 울다가 물었다. "엄마, 왜 울어?" 엄마는 새된 소리로 외쳤다. "들어가!" 나는 이제 엄마보다 더 서럽게 울면서 다시 이불 속으로 들어갔다. 엄마는 위로를 받아줄 여유조차 없었던 것 같다. 우는 모습을 보이는 건 창피한 일인가 보다고 생각했다. 엄마가 울면 우는 나는 어떻게 해야 하나. 아무데도 위로받을 곳이 없었다.

살다 보면 가끔 목놓아 울고 싶을 때가 있다. 그럴 만한 최소한의 자기만의 공간조차 없어서 아이들이 잠든 시간 비좁은 베란다로 나가 울던 엄마의 심정을 떠올린다. 그냥 모른 척 지나가주었으면 좋았을까? 나의 취약함을 다른 누군가가 눈치채지 않기를, 혹여 알아차리더라도 그냥 그렇게 두기를. 그 후 체득한 전략은 '모른 체하기'였다. 엄마의 감정 상태에 무신경해지고자 했다. 그저 단순한 이유였다. 거절되어버린 내 위로, 어차피 보답받지 못할 것들이니 주지 않는 편이 낫다고 생각했던 것 같다. 아이들의 마음은 쉽게 삐뚤어진다.

엄마, 아빠는 자신이 약해질 때마다 화를 냈다. 스스로를 보호할 수 없다고 느끼는 순간, 소리를 지르며 분노로 맞섰다. 서로에게든, 자식들에게든. 잘못을 인정하고 싶지 않을 때, 계획대로 되지 않고 일이 틀어질 때, 남들 앞에 드러난 과오와 약점을 내 힘으로 제대로 견뎌낼 수 없을 때 나도 화를 내고 짜증을 냈다. '분노하기'는 자신을 온전히 받아들이지 못한 사람들의 상황 대응 방식이기도 하다.

'나 지금 너무 힘들다, 위로가 필요하다, 나 좀 안아줘'와 같은 말들. 이런 말이 낯설다. 힘들면 그저 속으로 삭이고 혼자 해결하는 것이 굳어진 방식이다. 그러면서도 내심 기대하고 바란다.

누군가 먼저 와서 나를 따뜻한 손길로 어루만져주기를. 지치고 힘들 때 어떻게 말해야 하는지, 그건 집에서도 학교에서도 가르쳐주지 않았다. 홀로 외로워지는 길을 택하고는, 마음속으로는 누구보다 타인의 관심을 바란다. 그 기대는 결코 달성되지 않는다. 내가 말하지 않으면 아무도 내 마음을 알 수 없다.

하지만 마음을 표현한다는 것이 왜 이토록 어려운 일이 되었을까. 침묵은 '이해받을 수 없다는 믿음'에서 온다. 어차피 거절당할 것이라고 생각할 때, 온전히 수용해줄 타인이 없다고 느낄 때, 사람들은 입을 굳게 닫는다. 더 이상 시도하지 않고 포기한다. 혹시 내가 이런 이야길 한다면 상대가 나를 이상하다고 여기지 않을까? 나를 싫어하지는 않을까? 취약한 나를 감추기 위해 사람들은 위로를 구하는 대신 아무렇지 않은 듯 냉정해지거나 오히려 화를 낸다.

그래서였을까? 나는 어릴 적부터 다정한 사람이 되고 싶었다. 내가 위로, 격려, 응원에 능숙한 사람이었으면 했다. 종종 냉정하다는 이야기를 들었다. 이유도 모른 채 오랫동안 그런 사람을 동경했다. 부드럽고 유연한 태도에 선하고 좋은 생각을 먼저 떠올리는 사람들 말이다.

어떤 것이 다정한 것인지, 다정한 사람은 어떤 말을 하고 행동을 하는지. 불안해졌다. 무뚝뚝하고 퉁명스러운 엄마, 아빠의 말투와 행동을 그대로 물려받은 건 아닐까. 30년 가까이 엄마, 아빠와 한집에서 살았으니, 아무리 고쳐보려 해도 이미 그런 습성이 굳어져버려서 절대 바꿀 수 없는 것이 아닐까. 왠지 억울해진다. 아기 때부터 다정하고 온화한 말들이 가득한 집에서 자랐다면 사랑한다, 미안하다, 고맙다가 노랫말처럼 아무렇지 않게 나왔을 텐데.

아이들이 집에서 부모에게 자주 듣는 말이 있다. 실컷 서로의 단점을 늘어놓고, 그것 때문에 자신이 얼마나 사는 게 힘든지를 한탄한 후 나오는 말이다. "너도 가만히 보면 네 아빠랑 똑같아." "너는 참 어떨 때 보면 네 엄마 같아." '네 아빠랑 똑같아, 네 엄마랑 똑같아'라는 말은 배우자에 대한 불만을 자녀에게 투사하는 말이다. 당연히 자식들에게 큰 상처다. 엄마는 나를 꾸짖을 때 "너는 네 아빠 닮아서 이기적이다"라는 말을 자주 했고, 아빠는 "너도 좀 밖에 나가서 놀아라, 네 엄마랑 닮아서 집에만 있는다"고 했다. 속으로 나는 그런 말을 하는 엄마가 이기적이라고 생각했고, 엄마가 밖으로 나가지 않는 게 아니라 아빠가 지나치게 사람을 좋아한다고 생각했다. 오랜 기간 반복되는 말들은 실제로 어떤 식으로든 영향을 미친다. 어릴 때 나는 가끔 혼자서 내가 진짜 이기적인 사람인지, 내성적인 인간인지 심각하게 고민하곤 했다. 그런 성향을 지닌 내가 무언가 잘못된 사람인 것 같았고, 내가 싫어지기도 했다.

어른이 된 나는 생각한다. 나는 이기적인 사람도 아니었고, 사회성이 부족하지도 않았다. 엄마, 아빠가 서로에 대한 불만을 나에게 쏟아부었을 뿐이다. 부모는 자식의 생애 과정을 가장 근거리에서 지켜본 유일한 사람들이다. 이러한 특권으로, 그들은 자녀들을 '어떤 사람'으로 규정하는 말을 쉽게 한다. 엄마, 아빠 특유의 우려와 염려가 지나칠 때 나오는 말은 대개 부정적인 방식으로 이어진다.

얼굴도, 손발도 비슷하다. 자주 쓰는 말, 무심결에 나오는 행동도. 별것 아닌 일에 예민해지거나, 조급해하고 쉽게 화를 내기도 했다. 내가 싫어하는 행동을 하고 있는 나를 만날 때마다 엄마, 아빠의 비슷한 모습이 스쳐 지나갔다. 마음속 원망과 미움이 자라났다. 다 엄마, 아빠 때문이 아닐까? 하지만 원망과 미움은 마지막에 항상 자신을 향했다. 못난 나에 대한 모든 책임을 엄마, 아빠에게 떠넘기고 나는 아무 잘못 없다는 듯 상황을 회피했다. 홀가분함은 잠시였다. 어른이 되어서도 여전히 엄마, 아빠가 내 세계의 전부였던 셈이다. 그 안에 스스로를 가두었다. 인정받아야 하는 대상도 부모이고, 과오와 실책을 떠넘길 곳도 부모였다. 변화하려는 의지는 전혀 없고 부모 탓만 하는 성장하지 못한 내가 있었다. 과거를 원망하면서도, 벗어나려 하지 않는 무력한 내가 있었다.

한동일의 『라틴어 수업』에 이런 대목이 있다.

"저는 중고등학교 시절 제가 처한 환경을 탓하며 쉽게 부모님을 원망하고 화를 잘 내던 아이였습니다. 가장 하기 쉬운 선택을 한 것이죠. 하지만 어느 순간 부모님을 탓하는 것처럼 쉬운 선택으로는 그 어느 것 하나도 바꾸지 못한다는 사실을 깨달았습니다."

정곡을 찔렸다. 왜 변화를 선택하는 대신 일이 잘못될 때마다 남을 탓하고 핑계만 늘어놓았을까. 노력하는 대신 '가장 쉬운 선택'을 고집했기 때문이다. 자신을 바꾸는 것은 말처럼 쉬운 일이 아니다. 오랜 시간 축적되어온 나를 바꾸기 위해서는 이제껏 살아온 만큼의 근간을 뒤흔들 만큼 획기적인 동기와 그에 상응하는 에너지가 투입되어야 한다. 그럴 자신이 없어서, 간단한 해결책을 찾으며 잠시 한시름 놓았다가 오랜 시간을 괴로워했다.

2장

그렇게 지지고 볶으면서 35년째

엄마 밥

＊
　＊
＊

밥은 각자 배고플 때 알아서 챙겨 먹는 것. 우리집의 룰이다. 초
등학교를 다닐 때부터 계란 프라이나 라면 끓이기 정도는 척척
했다. 엄마, 아빠 모두 밖에서 일하고 있으니 그 정도는 익혀두
었다.

엄마, 아빠가 싸우는 이유는 수도 없이 많았지만, 아빠의 밥투
정도 그중 하나였다. 집에 밥이 없다는 거다. 어쩌다 집에 밥이
없으면, 아빠는 매섭게 화를 냈다. 두둔할 일은 아니지만 아빠는
평범한 남자였다. 밥은 응당 여자가 해야 한다는, 끼니 때가 되
면 제대로 된 밥상을 받아야 한다는, 그런 마인드를 가진 남자는

지금도 많다. 딸이 됐든, 아들이 됐든 누구나 '엄마 밥'을 먹고 자란다. 성인이 돼서 타지에 나가 혼자 살게 되면 먹는 문제는 오롯이 자신의 몫이 된다. 제때 밥 차려먹기의 번거로움을 알아간다. 장 보는 것부터, 재료를 씻고 다듬는 일, 끓이고 볶는 일, 음식물 쓰레기를 처리하는 일, 냉장고 속 방치된 것들을 먹어 치워야 하는 일. 여간 귀찮은 게 아니다. 이렇게 각자 어떻게든 잘해먹고살던 남자와 여자가 만나 결혼을 하면 보통은 다시 이 모든 번거로움이 여자에게 더 많이 할당된다. 아빠의 화는 사실은 서운함, 혹은 애정에 대한 갈구에서 비롯했다고 생각한다. 자신을 조금 더 챙겨주었으면 좋겠다는. 그걸 밥이라는 매개체로 확인받고 싶었던 건 아닌가 싶다.

사실 나도 어릴 때 가지각색의 채소를 넣어 정갈하게 말아낸 계란요리나 형형색색으로 예쁜 샌드위치를 만드는 다른 엄마들이 부러웠던 적이 있다. 엄마는 중고교 전체 급식이 시작되기 전이었던 중2 때까지 내 도시락을 매일 싸주었다. 도시락 싸는 걸 엄마가 엄청 귀찮아했던 기억은 난다. 한번은 잡채가 먹고 싶다고 며칠을 조른 적이 있는데 엄마가 들은 체도 안 해서 그게 두고두고 마음에 맺혔었다. 내가 골이 나 있는 걸 알고 엄마가 잡채 재료를 슈퍼에서 사다가는 만들어주지 않고 만들어 먹으라고 했을 때, 먹는 건 알아서 챙겨 먹자고 다짐했던 것 같다. 그때 내가 보기에도 엄마는 요리에 영 소질도 없고 흥미도 없어 보였다. 어릴 적 명절에 아빠의 고향에 가면, 엄마는 요리를 잘하는 큰엄마나 고모들 사이에서 거드는 역할만 했다. 집에 와서 가끔 따라 해보고서는 "왜 그 맛이 안 나지"라며 고개를 갸웃했다. 강원도 음식들이 집으로 곧잘 배달왔다. 고들빼기김치나 깻잎장아찌, 무말랭이 같은 밑반찬부터 고사리가 잔뜩 들어간 닭계장이나 매콤한 닭볶음탕까지. 아빠는 강원도에서 온 반찬들을 좋아했다. 당연한 일이다. 어릴 때부터 먹던 익숙한 음식들이었을 테니 말이다. 문제는 엄마가 만든 이런저런 반찬들은 오래되어 버려지기 일쑤였다는 데 있다. 신경 써서 만든 엄마의 반찬들은 영 줄지를 않고 나중에 다 버리는 신세이니, 도통 의욕이 생기지 않았을 것이다.

요즘에도 비슷하다. 아빠는 "맛있다" 한마디가 그렇게 어려운가 보다. 기대에 찬 엄마의 얼굴이 보인다. 내가 옆에서 "맛있다고 빨리 말해!"라고 으름장을 놓으면 그제야 못 이긴 척 한마디를 한다. 엎드려 절 받기다. 이렇게라도 되니 다행이다.

둘은 서로를 괴롭게 했다. 엄마는 겉으로 드러내지 않고 속으로 은근히 바라고 기대하는 것이 많았다. 아빠는 그걸 아는지 모르는지 이렇다 저렇다 대꾸가 없었다. 엄마는 늘 기대하고 상처받았고, 아빠는 이유 없이 엄마가 짜증을 내고 신경질을 부린다고 했다. 그럼에도 엄마, 아빠는 매일 아침 함께 밥을 먹는다. 그렇게 지지고 볶으면서 35년째 살고 있다. 가끔은 신기하기도 하다.

왜 우리집만 이럴까?

* * *

'왜 우리집만 이럴까?' 어릴 때 자주 했던 생각이다. 친구들은 다들 행복해 보이는데, 왜 우리집은 그렇지 않을까? 친구들의 부모님은 다들 온화하고 다정해 보인다. 친구는 아무런 고민도 걱정도 없어 보인다. 엄마, 아빠가 다툰 날이면 머릿속은 말할 수 없이 복잡해졌다. '둘은 이제 화해했을까?' 텔레비전을 틀고 보고 싶은 만화를 봐도 괜찮을까?' 집에서도 자꾸 눈치를 보게 된다. 친구들에게는 이런 이야기를 터놓을 수 없었다. 왜 나만, 왜 우리집은. 나는 그때 어린이로서 겪을 수 있는 세상 모든 불행이 오직 나에게만 쏟아지고 있다고 생각했다. '나는 정말 불행한 사람이야.' 삶에서 부딪치는 어려움과 고민을 소주 한잔 기울이며 허심탄회하게 털어놓을 사람도 없고, 어디론가 훌쩍 떠나 낯선 장소에서 기분 전환을 하거나, 혼자 노래방에 가서 미친 사람처럼 스트레스를 풀 수도 없는 노릇이다. 아이들의 우울은 그게 왔는지 알 수 없고, 그래서 돌려보낼 방법도 없다. 어린이가 겪는 인생의 고난은 오롯이 혼자만의 것이 된다. 분명 우울의 감정이지만 정의되지 못하고 해석되지 못한 채 그대로 간직될 뿐이다. 나는 행복하지 않은 사람이라는 굳은 믿음, 아픔을 나눠 가질 사람이 없다는 외로움, 거기에서 오는 완전한 고립감을 아이들은 차곡차곡 쌓아둔다. 아픔을 수집해서 쌓고 있는 줄도 모른 채 어린이는 어른이 되어간다. 말해지지 못한 상처를 잔뜩 모아 '상처 수집가' 어른이 된다.

사람은 누구나 자신만의 고통이 있다는 것, 크기는 다르지만 아이든 어른이든 할 것 없이 말 못 할 고민이 누구에게나 있다는 걸 이제는 안다. 아마 어떤 친구들은 분명히 나와 비슷한 고민을 하며 우울한 하루를 보내고 있었을 것이다. 그리고 그 친구들 역시 나를 보며 생각했을 것이다. '쟤는 아무 고민도 걱정도 없이 행복하구나. 부럽다.' 내가 했던 생각과 똑같은 생각을 나의 어린 친구들도 하고 있었다. 어린 나와 친구들은 모든 불행은 내 것이고, 다른 모두는 행복하다는 오해와 착각에 사로잡혀 있었다. 삶은 어느 부분에서는 고통스러운 것이고, 그런 어려움은 이내 지나갈 것이라는, 삶의 보편적 이야기 같은 건 아직 너무 어려운 개념들이었을 테니까.

자신의 존재를 부모님께 의탁한 상태의 어린아이들은 반복되는 불행 속에서 무력감을 느낀다. 스스로 유발한 적 없는 갈등 상황에 노출되고, 그게 자신의 잘못이라고 생각한다. 엄마, 아빠와 나는 거의 하나의 묶음처럼 엮여 있다. 의지할 곳이라고는 두 사람뿐이어서 그들의 갈등은 나의 갈등이었고, 그들의 불화는 나의 불화이기도 했다. 아무렇지 않게 자유로울 수 없는 것이다. 부모에게 아이들의 생명과 안위가 달려 있다. 부모도 그저 인간이라는 나약한 존재일 따름이고, 그들과 내가 각자의 삶을 살아간다는 생각은 할 수 없을 때다. 그런 사람들이 서로를 미워한다는 것은 이루 말할 수 없는 불안과 슬픔을 불러온다. 나조차 온전하지 못한 기분에, 작은 세계는 더욱 작아진다. 사랑받지 못한다는 느낌, 나는 과연 가치 있는 사람일까? 존재의 불안을 예감한다. 그게 정확히 무엇인지 알지도 못한 채 막연한 불안에 둘러싸여 있는 어린 사람들이 지금 이 순간에도 얼마나 많을까.

요즘에는 내가 가족에 대해 너무 큰 환상을 품고 있었던 건 아닐까도 생각한다. 언제나 화목하고 다정한 가족 이미지에 세뇌되어서 그런 가족이 아니면 모두 '틀렸다'고 생각해버리는 것이다. 하지만 그게 어떤 관계가 되었든 사람들 사이의 갈등은 너무나 당연하다. 평화만이 지속되는 세계는 그 어디에도 존재하지 않는다. 아이들에게 무조건 친구와 사이좋게 지내라고만 하지 말고, 친구와 다투었을 때 어떻게 화해하면 좋을지를 가르쳐주는 선생님들이 많았으면 좋겠다. 내가 만약 그걸 초등학교 때 배웠다면, 다투는 엄마, 아빠를 조금은 이해할 수 있지 않았을까?

부모님도 가끔은 힘이 들 때가 있고 그러다 보면 화가 난다고, 때론 내가 친구들과 다투고 화해하는 것처럼, 어른들도 똑같은 과정을 거치는 거라고. 그리고 그건 단지 우리 엄마, 아빠의 일이 아니라 다른 친구들의 엄마, 아빠도 비슷할 거라고. 세상 사람들이 살아가는 모습은 대개 비슷하다고. 그러니 네가 잘못한 건 아무것도 없고, 너에게 모든 불행이 쏟아지고 있다고 생각할 필요가 없다고. 혼자라고 생각하지 말라고. 어른이 된 내가 너를 누구보다 애틋하게 사랑하고 있으니, 외로워하지 말라고. 어린 나에게 내가 해주고 싶은 말이다.

병원 이야기

*
**
*

아홉 살 때 나는 크게 앓았다. 다리가 가려워서 계속 긁게 되었
는데, 긁는 대로 붉은 반점이 돋아났다. 처음에는 종아리와 허벅
지 몇 군데에 불규칙하게 생기던 반점이 다리와 엉덩이 전체를
뒤덮었다. 학교를 갔다 오면 엄마와 한동안 소아과 몇 군데를 돌
아다니는 게 일이었다. 붉은 반점이 심해질수록 배가 아프고 걸
을 때마다 다리도 아팠다. 체육시간 중간에 다리가 너무 아파서
혼자 엉엉 울면서 교실로 올라갔던 기억이 있다. 친구가 걱정이
되었는지 날 따라와서 부축해주었는데, "나 죽으면 어떡해" 하
면서 더 서럽게 울던 기억이 난다. 죽음을 떠올리는 아홉 살의

내 심정을 다시 더듬어본다. 물론 죽을 정도의 병은 아니었지만 어린 나는 막연한 공포에 시달렸다.

대형 병원에서 내린 진단은 '자반증'이었다. 원인도 불분명하고 치료법이 있는 것도 아니었다. 그날로 입원을 했고, 늦여름부터 2학기가 시작된 9월까지 8인실 병동 생활이 시작되었다. 8인실 병동은 어린 시절 경험한 유일한, 전혀 다른 공간에서 펼쳐지는 돌발적인 삶의 부분으로 남아 있다. 간호사, 의사, 나와 같은 진단을 받고 입원한 다섯 살 꼬마, 열두 살 오빠, 열 살 또래, 그들의 보호자들. 우리집과 학교를 제외한 한 달 남짓 지속된 전혀 다른 공간에서의 생활은 내 삶과 기억 속에 깊게 각인되어 있다.

이것들은 먼저 몸의 고통과 관련되어 강렬한 감각으로 남았다. 손등에 링거 바늘을 찌르던 공포의 순간, 다리를 덮은 붉은 반점들, 그 가려움. 24시간 내내 같은 공간에 있던 사람들은 어떠했나. 먼 지방에서 올라와 입원했던 열두 살 오빠는 의젓하고 어른스러워 내가 잘 따랐던 기억이 난다. 자신의 아들 옆 침상에 누워 있는 다른 아이가 복통으로 힘들어하자 아이의 손을 꼭 잡고 울면서 기도해주던 어떤 젊은 엄마, 자기 아들에게 냉면을 사다가 먹이는 것을 내가 쳐다보자 이리 오라며, 자신의 아이와 내 입에 번갈아 냉면을 넣어주던 엄마도 선명하게 남아 있다. 이 모든 사람들이 지금 어디서 무엇을 하면서 사는지 알 방법이 없다.

그래서 95년의 8인실 병동에서의 한 달 남짓은 환상적인 다른 시공간으로 남아 있다.

나는 연습장에 사인펜으로 바닷속이나 우주 공간을 그리거나 옆의 남자아이가 가지고 놀던 오락기가 부러워 엄마에게 졸라 얻은 '스트리트 파이터'를 하면서 시간을 보냈다. 엄마는 입원 초기에 한동안 병원에 있다가 나중에 내가 점차 차도를 보이고 병원 생활에도 익숙해지자 다시 일터로 나갔다.

그때나 지금이나 돌봄과 간호의 영역은 여자들의 일로 여겨졌던 것 같다. 병실은 입원한 아이들과 엄마들의 이미지로만 가득 차 있다. 한번은 엄마가 병원으로 집에서 싼 김밥을 가져왔다. 맛있게 잘 먹었는데, 밤이 되자 갑자기 체기가 올라와 밤새도록 복통으로 고생을 했다. 울면서 철재로 된 침상을 발로 쾅쾅 찰 정도로, 가만히 있을 수가 없을 만큼 아팠다. 다른 사람들과 함께 쓰는 공간이니 엄마가 조용히 "침대를 발로 차면 안 된다"고 어르고 달래던 목소리가 들린다. 그 와중에도 말에 담긴 나에 대한, 다른 사람들에 대한 미안함과 난처함이 곧장 와닿았다. 자기 전에 김밥을 먹었다고 말하는 엄마를 타박하던 간호사의 짜증스러운 목소리도 들린다. 옆에서 다시 조그맣게 "괜찮아요, 애가 아픈데 어쩌겠어요"라고 말해주던 피로한 어떤 여자의 목소리도 들린다.

어느 날인가 반대편 병상에 있는 열 살짜리와 잘 놀다가 갑자기 말싸움이 붙었다. 지지 않으려고 서로 쏘아붙이는데, 갑자기 그 남자아이가 "너네 집은 전세지?"라고 말하며 나를 놀렸다. 당시에는 전세가 무슨 뜻인지도 몰랐지만, 그게 나에게 모욕을 주기 위한 말이라는 감각은 확실하게 느껴졌다. 전세라는 단어에는 문제가 없었지만, 그런 말이 나온 맥락과 말투와 표정에서 나는 전세의 뜻을 알아차릴 수 있었다. 지금 생각해보니 그 아이가 왜 자기 집이 없이 전세 사는 게 떳떳하지 않은 것이라 여기고 있었을지가 짐작이 간다. 아이들은 어른들을 보고 듣고 자라나기 때문이다.

분해서 씩씩거리다가 링거를 들고 밖으로 나와 공중전화를 걸었다. "엄마, 우리집이 전세 산다고 놀렸어!"라고 하소연을 했다. 말하다 보니 서러워져 눈물도 나왔다. 엄마가 같이 있으면 아무 말도 못 할 텐데, 빨리 병원으로 오라고 말하면서 엉엉 울었다. 엄마가 뭐라고 대꾸해주었는지 기억나지 않는다. 그런데 뒤에 다음 차례를 기다리던 할머니가 "애야, 그렇게 울면서 전화를 하면 엄마가 얼마나 속상하겠니"라고 다독여주던 다정한 목소리만 기억이 난다. 퇴원하고 나서였다. 늦은 밤이었고 방에 누워 잠을 청하려던 때였다. 밖에서 엄마와 아빠가 대화하는 소리가 벽을 통과해 조그맣게 들려왔다. "우리가 하도 싸우니까 스트레스를 받아서 쟤가 아픈 거야." 엄마가 그렇게 말했다. 그런데 시간이 오래 흘러 언젠가부터 나는 이것이 실제로 들었던 말인지, 아니면 꿈속에서 들었던 말인지 잘 분간할 수 없게 되었다.

갑자기 몸에 달려든 고통은 한 달 사이 점차 사그라들었다. 병원에 있는 동안 가장 예민한 상태로 감지했던 것들은 몸의 고통뿐만이 아니라 공감과 위로와 배려의 목소리들이었다는 사실을 깨닫는다. 지금 내가 사회에서 큰 물의를 일으키지 않고 그럭저럭 잘 지내고 있는 게 맞다면 일정 부분은 아홉 살에 잠시 살았던 병원에서 만난 사람들과 그들의 말 덕분이다.

다 엄마, 아빠 탓

＊
＊
＊

나는 방향을 알 수 없는 열등감에 시달렸다. 공부에 관해서라면, 시험 기간에 공부를 미뤄두고 딴짓을 하면서 지속적으로 불안해하는 전형적인 얼치기였다. 수능이 끝났다. '인서울'에 실패했다. 부모의 학력이나 재산, 사는 지역이 자녀의 입시 결과와 밀접한 영향이 있다는 신문 기사를 나는 집요하게 따라다녔다. 혹시 내가 강남에 살면서 대치동 학원을 제집처럼 드나들고 부모님의 직업이 교육인이나 법조인이었다면 어땠을까? 쓸데없는 공상으로 대학 시절을 흘려보냈다.

대학 서열은 곧 나의 서열이었다. 겨우 스무 살이 되었을 뿐인데 이미 모든 것이 판가름나버린 것 같았다. 앞으로 내가 다닐 직장도, 내가 살게 될 삶도, 이미 다 결정된 것이 아닐까. 달리 손 쓸 방법이 별로 없다고 생각했다. 그런 태도로 임하는 대학생활이 즐거울 리 없었다. 20대 초반 내내 계속 그렇게 루저였다. 문과대 졸업자의 취업은 난항이었다. 화려한 이력의 또래는 넘쳤다. 나의 이력서는 아마 열리지도 않은 파일로 휴지통에 구겨져 있을 게 뻔하다. 점점 눈을 낮췄다. 유명 대기업에서 아무도 모르는 중소기업, 이름 없는 소기업으로, 유명 언론사에서 온라인 뉴스업체로, 광고회사에서 가장 말단의 바이럴 대행사로. 그러면서 나도 같이 쪼그라들었다.

그러는 동안 겪고 있는 모든 문제는 내 탓이 아니라는 핑계를 찾아 나를 보호했다. 나는 불만족스러운 상태를 합리화할 필요가 있었다. 그렇게라도 정신승리하지 않으면 견딜 수 없는 시간들이었다. 순간적으로는 마음이 놓였다. 그러나 빗나간 자기합리화가 더 깊은 수렁으로 빠지는 길이었다는 사실을 그때는 잘 몰랐다. 수많은 발전의 기회, 더 나아질 수 있는 상황들은 곳곳에 있었다. 다만 나는 너무 이르게 포기했다.

수능의 실패는 다가올 모든 미래의 실패처럼 여겨졌다. 꿈이나 열망 같은 단어는 내게 허락되지 않은 것 같았다. 만약 내가 그런 희망을 품는다 해도 어차피 다시 상처받게 될 거라는 두려움이 엄습했다. 편입 준비를 해서 원하는 대학으로 학업의 무대를 옮기는 동기들도 있었고, 졸업 후에 치열하게 이력을 쌓아 좋은 회사에 들어가는 친구들도 있었다. 공시 준비를 해서 안정적인 직장을 얻는 친구들도 있었고, 그저 자기가 좋아하는 분야를 찾아 즐겁게 일하며 보람을 느끼는 친구들도 있었다. 그들 뒤에서 나는 언제나 불평불만이었다. 너무 늦은 것 같았다. 출발점이 달랐기 때문에, 이제 와서 아무리 발에 불이 난 듯 뛰어도 소용없어 보였다. 정체한 채 움직이지 못했다. 내 힘으로는 아무것도 바꿀 수 없다는 무력감이 나를 압도했다. 내가 나를 아무데도 가지 못하도록 묶어버렸다. '헬조선'은 좋은 방패막이었다. 실컷 세상 탓을 했다. 상황을 탓하거나 조건을 못마땅해하면서 괴로워했다.

엄마, 아빠 탓을 하면서 나는 나를 더 불행하게 만들었다. 나를 무조건적으로 지지해주고 마음속 깊은 속에서 사랑해주었던 엄마, 아빠 또한 나는 알고 있다. 그들을 원망하고 있다는 사실, 그 죄책감으로부터 달아날 방도가 없었다. 누군가를 미워하는 마음은 결국에는 자기혐오로 이어진다. 나는 나를 미워하고 싫어했다. 자신감이 없고 주눅들어 있고 확신하지 못하고 당당하지 못했다. 스스로를 믿어주지 않았다. 엄마, 아빠를 미워하느라 외로웠고, 그런 나를 돌보지 않는 나 때문에 다시 외로워졌다. 이

중의 외로움에 갇혀서 젊은 날을 낭비했다. 고등학생이 되어서도, 대학생이 되어서도, 회사원이 되어서도, 겉모습은 어른이었지만 내면은 자라지 못한 채로 정체했다. 조금도 성장하지 못하는 기분이었다. 부모님에 대한, 나에 대한 미움과 원망에서 한 걸음도 나아가지 못했다. 어디에도 마음의 문을 열지 못하는 협소하고 이기적인 인간이 되었다.

부모님을 원망하는 마음은 오히려 부모님과 나를 더욱 단단하게 옭아맸다. 어릴 때 나에게 그런 말을 했기 때문에, 그런 행동을 보여주었기 때문에, 지금의 내가 이렇다는 생각들. 사랑이 아닌 미움으로 엄마, 아빠는 나와 더 강하게 묶였다. 실패와 좌절을 겪을 때마다, 가지각색의 이유를 끌어들여 스스로를 방어했다. 발전이 없었다. 단지 뛰어난 자기합리화의 달인이 되어 있었을 뿐이다. 엄마, 아빠는 분명히 나에게 가장 막대한 영향력을 끼친 사람들이다. 그 사실을 부정할 수는 없다. 태어나고, 처음으로 기고, 걷고, 뛰고, 말하던 매 순간 거기에는 엄마, 아빠가 있었다.

너는 나를 미워하지

＊
＊
＊

열일곱 살 아빠가 강원도 어느 산골마을에서 버스를 타고 서울로 향하는 장면은 마치 언젠가 실제로 본 것처럼 선명하다. 술을 마시면 반드시 반복되는 아빠의 단골 스토리 중 하나다. 돈을 벌러 서울로 가는 아빠에게 할아버지가 500원을 쥐어주고, 이내 다시 불러서는 500원을 더 쥐어주었다는 이야기. 물론 금액은 말할 때마다 매번 바뀌어서 아빠가 정확히 얼마의 여비를 챙겨 고향을 떠났는지는 정확히 알 수 없다. 이야기가 더 무르익으면 아빠의 기억은 어머니에게로 향한다.

할머니는 아빠가 네 살 때 돌아가셨다고 한다. 아빠는 어머니에 대한 기억이 하나도 없다. 그런데도 늘 기억의 마지막은 엄마다. 갓난아기인 아빠를 부르고 안아주었을 할머니의 손길과 음성이 무의식 어딘가 흔적처럼 남아 있는 게 아닐까. 기억할 수없는 그리움의 대상은 아빠의 상상 속에서 재생된다. 아빠는 '이제 막내가 네 살인데 떠나야 하는 어머니 마음은 어땠을까'를 떠올렸고, '비 오는 날이면 유난히 어머니가 보고 싶다'고 했다. 예순을 목전에 둔 아빠의 얼굴은 젊은 시절로, 더 어린 시절로, 거슬러 올라간다. 기억나지 않는 엄마를 상상으로 그리워하는 어떤 열일곱 살을 떠올려본다. 아빠가 종종 들려주는 옛날이야기를 들을 때 비로소 아빠를 나의 아빠가 아닌 한 인간으로 다시보게 된다. 놀랍게도 아빠가 타인이 되었을 때 오히려 아빠를 더잘 이해할 수 있게 되는 기분이 들었다.

아빠는 말을 숨기는 사람이다. 나는 잘 모르지만, 엄마 말로는밖에서는 더욱 말이 없는 사람이라고 하니, 아빠는 정말 말이 없는 사람이다. 다른 사람들의 말을 듣고 허허 웃는 것이 다다. 그런 아빠가 주위의 성화에 못 이겨 한번은 모임에서 회장직을 맡게 된 적이 있다. 그즈음 해서 나는 모임에 보낼 단체 문자를 대신 자주 작성하곤 했다. 모임 일정이나 회원들의 자질구레한 경조사까지, 회장이 된 아빠는 이런저런 공지를 띄울 일이 많았다.'화창한 봄날입니다', '단풍이 물드는 가을입니다'처럼 계절에 어울리는 첫 문장도 필요했고, 일정과 행사 내용 등 세부 정보를 자세히 열거해야 했고, 깔끔한 마무리 인사로 종결되어야 했다. 나에게는 단순하게 느껴지는 문자 메시지 하나가 아빠에게는 엄청난 과제이자 스트레스가 되었다. 몇 번씩 다시 읽고 오류가 없는지 확인하고 문자가 회원들에게 제대로 전송이 되었는지까지 재차 확인했다.

대중 앞에 서는 문제에 있어, 아빠에게는 이러저러한 도전과 시련이 있었다. 남들 앞에 나서기를 꺼렸던 아빠는 그러한 상황에서 얼어붙는 자신을 극복하고 싶어 했던 것 같다. 엄마는 옆에서 부추겼다. 이런 것도 한번 해봐야 는다는, 그런 식의 권유였을 거다. 대단할 것도 없는 모임 회식자리였다. 자기소개 겸 인사를 돌아가면서 하는데 아빠는 자신이 말해야 하는 순간에 갑자기 머릿속이 하얘졌다는 것이다. 아무 말도 떠오르지 않았다. 그 짧은 찰나의 경험이 아빠에게는 트라우마가 되었다. 남들 앞에서 한마디하는 게 이렇게나 어렵다니, 그 자리에서 그만 꽁꽁 얼어붙은 자신이 원망스러웠던 것이다.

이 이야기는 아빠가 엄마와 다투고 나를 불러내 술을 마시고 주절주절 꺼낸 이야기다. 아빠는 그러면서 덧붙였다. "내가 배운 게 뭐가 있냐"고 말이다. 그러면서 또 덧붙였다. 아빠는 "네가 이걸 몰랐으면 좋겠다"고. 아빠가 국민학교도 제대로 다니지 않았다느니, 학교 가다가 중간에 발길을 돌려 동네 친구들과 산을 헤매며 뱀을 잡아다 팔았다느니 하는 이야기를 엄마는 가끔 풀어놓는다. 엄마는 거기에 내가 완전히 오해하지 않게끔 한마디를 거든다. "엄마가 네 살 때 돌아가셨는데, 누가 아빠를 신경이나 써주었겠냐"는 말. 아빠가 배우지 못한 것을 부끄럽게 여기고 있을 거라고는 생각하지 못했다. 배우지 않고도 어린 나이에 상경해 성실하게 기술을 배워 자기 분야에서 많은 것을 이뤄낸 아빠는 "공부가 다가 아니다"라고 늘상 말했다. 공부보다는 밖으로 나가 사람들을 만나고 경험을 쌓으라고 했다. 아빠의 취중 스토리는 자신의 강인함을 연설하는 형태를 띠었다. '이 세상에 나보다 강한 사람은 없다.' '나는 지독한 사람이다'라는 식이다. 나는 그저 뚱한 표정으로 앉아 있곤 했다.

"너는 나를 미워하지? 너는 아빠를 싫어하지?"

그런 내색을 전혀 하지 않았던 아빠가 직구로 물었다. 나는 멀뚱멀뚱 앉아만 있었다. 바로 아니라고 말하지 못했다.

대학 입시 결과가 나오고 며칠 뒤였다. 술을 한잔 마시고 들어온 아빠는 주절주절 말을 꺼냈다. 동네 아는 아저씨 아들이 다니는 학교보다 못한 학교를 간 것이 아쉽다며 말이다. 수능 이후 이래저래 심란했던 건 나였다.

고2 때다. 온 가족이 둘러앉아 밥을 먹고 있는데 아빠가 "운동을 좀 해야지"라고 말했다. 살이 엄청나게 쪄 있었다. 그 말을 듣자마자 숟가락을 놓고 울면서 방으로 들어갔다. 예민한 고등학생 딸의 심리를 아빠는 손톱만큼도 헤아리지 못했다.

지금은 한국에서 철수한 까르푸를 가족이 다 같이 갔던 적이 있다. 집으로 돌아오는 차 안에서 푸드코트에서 산 피자를 한 조각 꺼내 먹었는데 아빠가 냄새가 난다며 크게 짜증을 냈다. 또 다른 날, 차 안에서 노래를 크게 따라 불렀을 때도 아빠는 시끄럽다고 짜증을 냈다. 아빠는 기억도 못 할 너무나 사소한 일들이다. 그런데 왜 나는 그런 아주 작은 것들까지 이다지도 세세하게 기억하고 있을까. 아빠의 싫은 소리를 듣고 시무룩해진 어린 '나들'은 며칠 동안 아빠를 쳐다도 안 보고 말을 걸어도 못 들은 척 혼자만의 시위를 벌였다. '아빠는 나를 싫어하는 것 같아'. 혼자 삐쳐 있을 때마다 속으로 그렇게 생각했다. 아빠가 내가 어른이 되었을 때 한 "너는 나를 미워하지?"라는 질문은 사실 내가 아주 어릴 때 먼저 속으로 수십 번 했던 질문이다.

아빠는 친구들을 좋아하고 술을 좋아했다. 그만큼 가정에는 소홀했다. 엄마는 그게 못마땅하고 서운했고, 나는 밤늦게 들어오는 아빠가 익숙하고 당연했다. 이런저런 이유로 아빠와는 멀어져갔다. 아빠는 바쁘고, 평소엔 과묵했고, 술을 마시고 집에 오면 종종 이유도 없이 엄마나 자식들에게 화풀이를 했다. 아빠와 자식들 간의 타이밍은 보통 엇나간다. 아빠는 나와 동생들이 성인이 되자 같이 밥 먹으러 나가자는 이야기를 자주 했다. 이제는 우리가 바빴다. 친구들과 어울려야 했고 각자 데이트도 해야 했다. 공부하느라 다른 지역에 나가 살기도 했다. 아빠의 잦은 식사 요청은 그만큼이나 자주 거절당했다. '나 약속 있어', '지금 나가야 돼', '오늘은 바빠.' 아빠의 쓸쓸함을 모른 척했다. 아빠가 서운해한다는 걸 알고 있었다. 그런데 죄책감이 생기려고 할 때마다 어린 시절 아빠에게 잔뜩 토라져 있던 어린 내가 갑자기 튀어나왔다. 그렇게까지 미안해할 필요는 없는 것 같다고, 스스로 합리화했다.

감정 쓰레기통

✳
✳
✳

학교에 갔다 집에 돌아오면 집전화로 엄마, 아빠가 있는 사무실로 자주 전화를 걸었다. 전화를 걸었던 용무가 잘 기억나지 않는 걸 보면 특별한 일이 있어서 했던 건 아닌 것 같다. 그저 "엄마, 언제 와?" 그런 게 궁금했다. 엄마 목소리는 대개 퉁명스러웠다. 바쁜데 왜 자꾸 전화를 하냐는 식이었다. 이렇다 저렇다 대화랄 것도 없이 전화는 순식간에 끊겼다. 열 살도 되기 전이니 의젓하게, '엄마가 일이 많이 바쁘구나, 정말 급한 일이 아닌 이상 자꾸 전화를 하면 방해가 되겠구나'라고 생각했을 리 없다. 매정하게 끊긴 전화에 삐쳐 있다가 또 금세 잊었다. 그리고 매일 전화를 해댔을 것이다. 나중에 회사에 다니게 됐을 때 부서에서 막내로 일하게 되면서 전화를 전담해서 받게 되었는데, 모든 전화를 받고 그에 맞게 응대하는 작업은 정신적으로 대단한 스트레스였다. 거래처에서 오는 전화들이 많았을 사무실에서 집에서 걸려오는 별다른 용건 없는 전화를 받는 것은 성가신 일 중에 하나였겠다 싶다.

엄마의 이런 통화 패턴은 굳어져서 평생 계속됐다. 엄마는 말하는 중간에, 혹은 자기가 할 말이 끝나면 전화를 끊어버렸다. 퉁명스러운 말투도 여전했다. 일부러 그러는 것이라기보다는 익숙해진 습관이었다. 그런데 나도 가끔 기분이 나쁠 때가 있었다. 별수 없었다. 어릴 때부터 엄마의 전화는 늘 그런 식이었고, '그러려니' 했다. 나중에는 엄마에게 전화가 오면 내 목소리도 평소와는 다르게 매섭고 날카로워진다는 걸 깨달았다. 의도적으로 그런 게 아니라, 전화를 끊고 나서 스스로 놀랄 정도로, 나도 모르는 사이 그렇게 되었다. 엄마와 나는 누가 더 퉁명스럽게 전화로 말하는지 경쟁이라도 하는 것처럼, 무뚝뚝하게 대화했다.

3년 전이다. 헬스장에서 운동을 하다가 엄마에게 전화가 왔기에 밖으로 뛰어나와 급하게 전화를 받았다. "어딜 간 거야? 지금 급해 죽겠는데!" 내가 대답을 채 하기도 전에, "어휴 진짜!" 이렇게 전화가 끊겼다. 갑자기 주체할 수 없이 화가 났다. 바로 다시 전화를 걸었다. "엄마! 전화를 그렇게밖에 못해? 할 말만 하고 끊지 말라고! 나도 기분이 나쁘고 화가 나!" 전화기에 대고 소리를 지르다가 눈물까지 나왔다. 분노와 울음이 뒤섞여 발음도 제대로 되지 않았다. 태어나서 누군가에게 그렇게 즉각적으로 소리를 지르고 울면서 화를 낸 건 나에게도 처음 있는 일이었다. 엄마의 잦은 짜증과 퉁명스러움을 당연히 여기고 넘어가곤 했다. 어릴 땐 이유도 모른 채 혼자서 엄마에게 삐쳐 있었고, 나중에는 엄마에게도 이유가 있겠거니, 엄마도 힘들겠거니, 이해하려고 했다. 어릴 때부터 토라져 있던 마음과 엄마를 이해하려고 노력해왔던 마음 모든 것이 하나도 받아들여지지 못했다는 서러움, 그것들이 한순간에 터져 나왔다. 휴화산이 결국 폭발하듯이. 억누르고 참아온 마음들은 불현듯 순식간에 엉뚱한 때에, 예상치 못한 방식으로 분출되어버린다. 울면서 소리를 지르다가 전화를 끊어버렸다. 억울함이 풀리는 기분도 들고 그냥 '그러려니' 넘길 걸 하는 후회도 들었다. 다시 아무렇지 않은 척 운동을 마치고 집에 들어갔다.

이해할 수 없었던 말이 있다. 내가 무언가를 잘못했을 때, 꼭 엄마는 "지금 너 날 무시하는 거야"라고 소리를 질렀다. 솔직히 무엇을 잘못했는지는 기억이 잘 안 난다. 물론 실제로 무언가를 잘못하긴 했을 것이다. 심부름을 제대로 안 했다든가, 엄마한테 말

대꾸를 했다든가. 하지만 엄마는 잘못한 것에 대해서 꾸짖지 않았다. 네가 지금 말대꾸를 해서, 네가 지금 방 청소를 제대로 하지 않아서가 아니라, 늘 "너는 지금 날 무시한다"고 했다. 모든 분노는 무시당했다는 것으로 귀결됐다. 지금은 그렇게 생각한다. 엄마를 이해해주는 사람이 아무도 없었다. 자식들은 너무 어렸고, 아빠는 엄마가 바라는 애정을 충분히 표현하는 사람이 아니었다. 그런데 그건 엄마도 마찬가지였다. 엄마는 어떻게 애정을 구해야 하는지 잘 몰랐다. 엄마의 감정을 보듬어주는 사람이 너무 없었다. 모두가 무심하다는 생각이 엄마를 지배했을 것이다. 이해받지 못한 마음이 그런 식으로 표출된 건 아닐까 싶다. 이해받지 못하고 있다는 서러움이 분노로 터져 나왔던 그때, 나는 왠지 엄마를 이해하게 되었던 것 같다. 집에 들어가자마자 아무렇지 않은 듯 엄마가 있는 방으로 가서 말을 걸었다. 그냥 일상적인 말들, 아무 일 없었다는 듯이. 엄마 역시 일상적으로, 아무 일 없었다는 듯이 대꾸해주었다. 잔뜩 풀죽은 목소리로. 엄마는 절대 미안하다는 말을 한 적이 없다. 그런데 그 풀죽은 목소리에서 엄마 마음을 들었다. 말이 아닌 행동과 표정과 말투에서 나오는 엄마의 미안함은 어째서 나를 더 미안하게 만드는지 모르겠다. 차라리 한 번 더 욕을 먹으면 마음이 편하겠다는 생각이 들 정도로. 그래서 그걸로 됐다고 생각했다.

엄마는 일상적으로 한탄 섞인 말을 자주 했다. 그게 정확히 어떤 문장들이었는지 기억나지 않는다. 아빠를 힐난하는 말들, 고통스러운 자신의 삶. 여기에는 타인을 비난하고 자신을 혐오하는 두 갈래 미움이 평행선을 달리고 있었다. 가끔 그것은 나를 향하기도 했다. "아빠 닮지 말아라". 하지만 그건 어차피 불가능한 일이었다. 나는 엄마, 아빠의 자식이었다. 아빠를 탓하고 자신을 탓하는 엄마를 보고 듣는 것은 견디기 힘든 시간 중 하나였다. 어릴 때는 알지 못했다. 가만히 엄마가 쏟아내는 이런저런 미움들을 그저 온몸으로 흡수하는 수밖에 없었다. 아빠는 어디에선가 한잔 술로 그날의 스트레스를 풀어낼 수 있었지만, 엄마에게는 마땅한 해방구가 없었다. 해소되지 못한 억눌린 감정들이 아무렇게나 삐죽삐죽 터져 나올 때, 그걸 들어줄 이는 어린 자식들이 다였다.

나중에 알게 되었다. 언젠가부터 나는 엄마가 남편을 바라보는 시선을 거쳐 아빠를 판단하고 있었다. 나의 아빠가 아닌, 엄마의 남편인 아빠로. 훌륭하고 다정한 '나의 아빠'라는 시야는 어느새 가려지고 있었다. 엄마는 아빠에게 직접 터놓지 못한 불만을 자식들에게 쏟아붓곤 했다. 나는 아빠의 대역이기도 했고, 맞장구를 쳐주지 않는 답답한 청자이기도 했다. 마땅히 대꾸할 말도 없었다. 나중에 좀 더 나이가 들자, 두 사람의 갈등에 일방적 과실은 없다는 생각이 들었다. 듣다 듣다 지치면, "각자 행복하려면 따로 사는 수밖에 없다"면서 엄마 못지않게 냉랭하고 무뚝뚝하게 반응했다.

격앙된 목소리로 한바탕 나에게 쏟아붓고 났을 때, 한번은 내가 말했다. "엄마가 이런 얘기를 할 데가 나밖에 없다는 걸 알지만, 나도 사실은 이런 얘기를 듣는 게 즐겁지는 않아. 그냥 모르고 싶어. 알면 나도 엄마랑 똑같이 스트레스를 받으니까." 차분히 이야기하자 엄마는 내 말 뜻을 이해해주는 것 같았다. 예전 같으면 속으로 엄마의 이기심을 비난하며 아빠의 뒷담화를 늘어놓는 엄마의 기나긴 비난과 자기혐오를 힘겹게 견디고만 있었을 것이다. 어서 이 한탄이 끝나기만을 바라며. 그러다가 한계에 다다르면 "그럼 이혼해", "그런데 왜 참고 살아"와 같은 말로 비수를 꽂으며 엄마의 말문을 틀어막았을 것이다.

이제는 조금씩 내 감정을 먼저 돌보기 위해 노력한다. 어릴 때부터 늘 집안 분위기에 지나치게 예민했던 나는, 엄마, 아빠의 기분을 살피느라 내 감정을 파악하는 방법을 아예 배우지 못했던 것 같다. 먼저 내 주변 상황이 편안해야만 편하다고 믿었다. '나는 어쨌든 괜찮아. 다 괜찮으니 단지 엄마, 아빠가 다투지 않으면 좋겠어.' 그런 어린 시절의 마음이 습관처럼 남아 있었던 탓일까? 나는 친구들과 어울릴 때도, 단체생활을 할 때도, 회사에서 일할 때도 언제나 다른 사람들의 분위기와 조화 상태를 먼저 살폈다. 이 그룹 내의 모두가 조화롭게 어울릴 때, '아, 이제 됐어. 그렇다면 나도 이제 편해.' 나는 언제나 뒷전이었다. 내 마음과 기분은 오랫동안 홀로 방치되어 있었다.

나의 기분을 먼저 돌보고 어떤 불편함이 느껴진다면 타인에게 상처 주지 않는 방식으로 잘 말하는 것. 나는 엄마를 향해 쉽지 않았던 그것을 연습한 셈이다. 속으로 감내하며 불만을 쌓아가는 것은 스스로를 괴롭게 하는 동시에, 자신을 극한의 상황에 내던져버리는 행위다. 그렇게 참다가 분노를 억누르기 힘든 순간에, 파괴적인 방식으로 상대방을 상처 주고 만다. 감정의 불편함을 꾹 눌러 참지 않는다. 감정의 불편함을 먼저 돌보고, 상대방에게 부드러운 말로 이해를 구한다. 나를 지키고, 상대방을 보호하는 가장 좋은 말하기 방식이다. 이런 말하기 방식이야말로 성숙한 사람이 가진 증표가 아닐까.

우리가 무시해온 것들

*
**
*

말하지 않는다. 침묵으로 호소한다. 관심을 갈구한다. 표정과 행동으로 서운함과 분노를 내비친다. 무언의 시위다. 뒤틀린 감정 처리 방식이다. 지금 나는 슬퍼, 화가 나, 서운해, 걱정이 돼, 미안해, 이 모든 감정을 말로 하지 않고 아무렇게나 공중에 떠다니도록 방관한다. 감정은 눈에는 보이지 않지만 기운으로 느껴진다. 그 사람 전체를 둘러싼 지속적인 에너지를 주변 사람들은 기민하게 감지해내야 한다. 입을 꾹 다물고 있는 그는 그런 걸 기대하는 듯하다. 그러나 서로는 기대하는 바를 쉽게 충족시켜주려 하지 않는다. 대신 함께 원망하고 분노한다. '내가 대체 무엇을 잘못했다고? 왜 심술이 나 있는 거지?' 아무런 대화도 오간 적 없이 서로는 서로를 더 미워한다. 우리집에는 감정을 표현하는 언어 대신 무언의 갈등만 있었다. 조금 더 자랐을 때 나 역시 원하는 것을 말하지 않으면서도, 표정과 행동으로 화를 내고 있었다.

감춰야 하는 게 너무 많았다. 억누르고 숨기는 것이 감정을 처리하는 주된 방식이 된다. 그러다가 엉뚱한 때에 폭발적으로 분출된다. 감정은 꽁꽁 숨겨야 하거나 아무렇게나 폭발하는 것, 둘 중 하나가 된다. 그래서 이 감정은 정당성을 갖기 힘들다. 당사자에게는 축적되어온 분노의 역사가 있겠지만, 상대는 왜 그렇게까지 화를 내는지 알 수 없다. 일종의 시한폭탄이라, 매 순간 살얼음판을 걷는다. 일상의 곳곳에 지뢰가 숨겨져 있으니, 알 수 없는 긴장감 속에 불안함을 느낀다.

나의 평온한 어린 시절은 종종 집에 있는 어른들의 다툼으로 방해받았다. 아이들은 하루를 온전히 통제할 수 없다. 내 옆에 있는 어른들의 기분과 상황에 따라 느껴야 할 감정을 부여받는다. 그때의 무력감을 나는 어른이 되어서도 자주 곱씹곤 했다. 이유 없이 긴장과 불안을 느껴야 했던 어린이를 떠올리다가 나는 가끔 혼자 울었다.

친구가 말을 걸어와도 토라져 대꾸 없이 혼자 걸을 때, 화가 나서 주체하지 못하고 휴대폰을 방바닥에 집어 던졌을 때, 도움이 필요한데도 누구에게도 알리지 못하고 혼자 방에 틀어박힐 때, 내가 싫어하는 장면을 되풀이하는 나를 보았다. 어떤 건 바로 자각되었고, 또 어떤 것은 한참 뒤에 생각해보니 어릴 때부터 보아온 장면과 너무 닮아 있었다. 옳지 않은 방식들, 그러나 익숙한 방식들이었다. 축적된 과거의 기억은 두텁게 쌓여 쉽게 허물기 힘들었다. 변화해야 한다는 결심이 들어설 틈을 내기도 어려웠다. 달라지고 싶다는 생각이 들기도 했지만, 커다란 장벽을 하염없이 올려보다가 이내 그만두었고 다시 익숙한 방식을 택하곤 했다. 나는 어떤 것들을 무시해온 것일까.

먼저 나는 나의 취약함을 무시한다. 자신이 상처받을 수 있는 존재임을 무시한다. 힘들고 괴로운 매 순간 고통으로부터 자유롭지 못한 자신을 스스로 나무라고 꾸짖는다. 스스로를 이해해주지 않는다. 인간은 누구나 약한 존재라는 것, 누구나 쉽게 상처받는 존재라는 사실을 고려하지 않는다.

타인의 약함을 알지 못하고, 자신의 약함을 무시하는 사람은 '완벽'을 추구한다. 실수하지 않고, 실패하지 않는 자신을 상정한다. 그래서 이 사람들은 실패를 두려워한다. 실패하지 않으려고 시도하지 않고 도전하지 않고 모험하지 않는다. 설사 실패하더라도 큰 타격이 없는 쉬운 과제에만 몰두한다. 자신의 부족함이 드러나는 상황을 미리 예상하고 차단한다. 그런 자신을 마주할 자신이 없어서다. 약한 자신을 보는 것은 괴로운 일이다. 사실은, 자기가 너무 거대하기 때문일지도 모른다. 자신이 강하고 완벽해야 한다는 환상에 빠져 있는 사람만이 자신이 나약할 수도 있다는 사실을 부정한다. 빗나간 자기애는 자신이 정해놓은 지나치게 높은 기준에 미달할 때마다 자신에게 모질게 군다. 누구에게도 위로받지 못하고 사랑받지 못한다고 생각한다. 결국 스스로에게까지 미움받는다. 우리는 모두 약한 존재라는 것, 그래서 내가 더욱 사랑해주지 않으면 안 된다는 것, 그 사실을 잊어버리고 산다. 그러니 완벽주의는 모든 것을 포기하게 만드는 주범이기도 하다. 훌륭하게 제대로 잘하고 싶다는 마음, 정말 잘해내고 싶은 마음이 앞설 때, 우리는 종종 그냥 모든 것을 놓아버린다. 제대로 잘해낼 자신이 없다면 아예 포기하는 쪽이 편하다. 마음만큼 완벽히 되지 않았을 때 감내해야 할 상처를 미리 차단한다.

둘째로 내 느낌과 직관을 무시한다. 내 감정과 의견은 뒷전이 된다. 나의 감정을 먼저 돌보지 않고 타인의 반응에 더 즉각적으로 예민하게 반응한다. 그러는 동안 나는 방치된다. 약속을 정할 때도, 만나서 함께 먹을 메뉴를 정할 때도, 내가 원하는 시간, 내가 먹고 싶은 음식보다는 상대에게 맞추는 쪽을 택한다. 아무 때

나 괜찮고, 아무거나 괜찮다. 그게 마음이 편하다고 믿지만 사실은 그렇지 않다는 게 문제다. 자기도 모르는 사이에 조금씩 불만이 쌓인다. 무시된 욕구들이 차곡차곡 쌓인다. 시간이 지나면 피해의식에 사로잡힌다. 손해 보고, 이용당한 것 같다. 그로 인한 불쾌감이 어느 순간엔가 불쑥 삐져나온다. 상대방은 그러한 불만의 표출이 매우 당황스러울 것이다. 그러면 다시 우리는 여전히 이해받지 못한다는 기분에, 혼자만 희생했다는 억울함에 빠진다.

타인에게 휘둘리는 일이 일상이 되면 이제 스스로를 믿을 수 없는 상태에 봉착한다. 자기 인생에 정작 자신이 사라져 있다. 선택의 연속인 삶 속에서 언제나 망설인다. 우유부단하다. 매사에 확신이 없다. 지금 걷고 있는 이 길이 맞는지, 제대로 된 방향으로 나아가고 있는 건지, 고장 난 네비게이션처럼 갈피를 잡지 못한다. 주변에 나를 지지하는 사람이 없다고 느낄 때, 한없이 외로워질 때가 있다. 그럴 때 나마저 내 편이 되어주지 못하고, 나 또한 믿음직한 기댈 곳이 아니라면, 삶은 쉽게 무너진다.

마지막으로 내 가능성과 잠재력을 무시한다. 자신감이 없다. 부족하고 못난 상태라는 자각에 빠져 있다. 불충분하다는 느낌을 계속 채워보려고 하지만 안전한 도전에 만족하는 습관에 빠져 있어서 가시적인 성과를 거두기가 힘들다. 해볼 만한 것들만

해왔기 때문에 어느덧 할 수 있는 것의 범위가 좁아져 있다. 자신이 생각하는 가능성과 잠재력의 크기도 줄어든다. '아마 할 수 없을 거야', '해도 잘 안 될 거야', '괜히 시간만 낭비하겠지', 시도하지 않는 쪽으로 자신을 설득한다. 새로운 것, 높은 단계의 과제에 도전하는 것은 오히려 부정적인 결과만을 안겨줄 것이라는 이유들을 끌어모은다. 스스로에 대한 기대감도 없다. 늘 낮은 기준을 세우고 그것만 겨우 달성한다. 오르지 못할 나무들이 너무 많다. 쳐다보지 않는다. 쳐다보고 오를 생각을 하면 어차피 상처받는 것은 나다.

그래서 나는 스스로 무시한다. 칭찬을 잘 받아들이지 못한다. 가치 절하한다. '그 정도야 누구나 하는 것인걸요, 다들 그 정도는 하니까요.' 자잘한 성과나 성취는 별 볼일 없다고 치부한다. 스스로를 칭찬해본 적이 없어서 타인의 칭찬이 어색하고 부담스럽다. 오히려 의구심을 갖는다. 타인은 나를 좋아하지 않을 것이라는 전제를 한다. '내가 너무 부족한가? 내가 기대에 못 미치나?' 평가의 기준은 내가 상정하는 것이 아니라 외부의 권위에 묶여 있다. 따라서 타인의 인정만이 중요해진다. 나의 만족, 기쁨, 보람은 존중하지 않는다. 외부자, 특히 권위자의 평가에 민감하다. 좋지 못한 평가를 받았을 때 필요 이상으로 절망한다. 칭찬은 축소하고 비판은 과장한다. 컵에 물은 반이나 있는 것이 아니라 반밖에 남지 않아서 조급해지고 여유가 없다. 타인 앞에 나는 늘 남루하고 초라하다.

　괜찮지 않지만 괜찮다고, 불편하지만 편안하다고, 기분이 나빠도 멋쩍은 웃음으로. 감정을 모른 척 대충 때웠다. 갈등 상황을 견딜 수 없으니, 미연에 방지하려는 마음이 앞섰다. 이 순간 참으면 아무 일도 일어나지 않는다. 나 하나만 불편하면 된다. 그렇게 갈등을 회피한다. 친구들과의 관계에서도, 직장에서도 이런 패턴은 반복되었다. 나중에는 진짜 나의 감정이 무엇인지 알 수 없었다. '지금 정말 괜찮은 건가?', '여기서 내가 화를 내도 되나?' '내가 너무 예민한가?' 자기 검열이 시작되었다. 내가 유별나게 구는 건 아닌지를 생각하게 됐다. 감정에 솔직하지 못한 사람들은 결국 자신을 믿을 수 없게 된다. 감정에 대한 확신이 없어서, 자신을 스스로 통제하지 못하는 상황이 되어버린다. "나도 나를 잘 모르겠어", "나도 내가 왜 이러는지 모르겠어"라는 말을 어느 때부터인 건지 자주 했다. 내 감정에 대한 학대이자 방치의 결과였다. 나는 어떻게 되든 신경쓰기 귀찮다는 태도였다.

내가 아는 것과 모르는 것

✳
✳
✳

자기 관찰은 나와 거리를 두는 과정이다. 관찰의 순간은 때때로 괴롭고 고통스럽다. 나의 특별한 능력, 뛰어난 자질, 탁월한 인간성을 발견하는 뿌듯함도 있지만, 자신이 지닌 온갖 결핍과 결여, 단점과 약점까지 주머니 뒤집듯 모두 드러나기 때문이다. 나는 고등학교에 입학하자마자 수포자가 되기로 했다. 수학이 너무 싫었다. 자연히 수학 공부에는 소홀했다. '나는 원래 숫자에 약하다'든가, '수학 선생님과 나는 잘 맞지 않는다'든가, '어차피 사칙연산만 잘하면 인생 사는 데 아무 지장이 없다'라며 호기를 부렸다. 사실 나는 수학을 싫어한다기보다는 수학을 못했다. 점

수가 잘 나오는 문학이나 영어 공부는 누가 시키지 않아도 알아서 했다. 번번이 막히고, 풀어봐야 틀린 답만 도출되는 수학 문제집을 고통스럽게 붙들고 있는 것은 괴로운 한 장면이기에, 당시의 나는 그런 자신을 마주하기 싫었던 것 같다.

내 마음에 드는 나만 보려고 하는 선택적 관찰은 자기 자신에 대한 정확한 이해를 방해한다. 자신의 못난 모습을 회피하다 보면 자신이 남보다 우월하다는 착각 속에 지내거나 타인의 말을 쓸데없는 잔소리라고 무시하는 외골수가 될지도 모른다. 당연히 반대의 경우도 있다. 눈에 띄지 않는 사소한 결점을 부풀려서 지나치게 스스로를 미워하는 사람들도 있다.

그래서 메타인지가 중요하다. '메타인지'란 내가 아는 것이 무엇이고, 모르는 것이 무엇인지 아는 것이다. '나는 참 괜찮은 인간이다. 그러나 어떤 면에서는 부족하고 개선해야 할 점이 있다.' 슬럼프는 어떻게 극복할 수 있을까? 즐겨 보는 유튜버가 이런 이야기를 했다. 슬럼프가 왔다는 것은 그동안 잘해왔다는 증거다. 그동안 잘해왔기에 슬럼프가 온 것이다. 무언가 치열하게 매달려 집중한 시간이 없다면 슬럼프가 올 이유도 없지 않은가. 실패와 좌절의 순간에 떠올려야 할 것은 거기까지 달려온 자신의 성실함과 열정일 것이다. 아주 나쁘거나, 아주 좋거나. 어느 한 각도에서만 나를 바라보지 말고 다각도로 자기를 관찰해야 한다.

우리는 끊임없이 '나는 누구인가'를 물어야 한다. 과거를 기억하고 과거와 화해해야 한다. 그리고 답을 내야 한다. 스스로에 대해 잘 모르는 것은 삶의 질을 곤두박질치게 만드는 주된 원인이다. 좋을 때는 상관이 없다. 그런데 사람이 매일 좋을 수가 없다. 이유 없이 나락으로 구르고 굴을 파고 들어간다. 그때 나를 모르면 거기에서 어떻게 빠져나와야 하는지 알 수 없다. 나도 나를 모르는데, 하물며 가족이든 친구든 연인이든 그 암흑에서 나를 구해줄 방도가 없다.

자기에 대해서 잘 아는 것, 특히 좋지 않을 때, 괴롭고 힘들 때 자신의 마음이 어떤지를 잘 아는 것이 중요하다. 그래야 그것으로부터 벗어나게 하는 대비책을 세우게 되지 않겠는가. 두 손 놓고 우울을 즐기다가 낭비한 시간들이 너무 아까워서 그렇다.

외식하는 날

*
*
*

부부싸움은 당사자들에게는 칼로 물 베기라고 하지만 자녀들
에게는 그 칼날이 너무 아프다. 내가 처음 겪은 엄마, 아빠의 부
부싸움은 언제였을까. 바래지고 애매한 형태의 기억으로, 내 속
어딘가에 저장되어 있는 것 같다. 둘의 사소하고 때로는 전쟁 같
은 다툼이 내 인생 전반에 걸쳐 있다. 엄마, 아빠의 결혼 30주년
이었다. 우리 가족은 한정식 식당 방 한 켠에 둘러앉았다. 퇴근
후 식당으로 온 동생이 기세등등하게 만 원짜리 지폐 수십 장으
로 만든 커다란 꽃다발을 들고 왔다. 고기를 구워주던 종업원은
기특한 딸을 두었다며 동생을 칭찬했고 엄마, 아빠를 부러워했

다. 그런데 분위기가 심상치 않았다. 엄마, 아빠 사이의 불안한 기류를 느꼈다. 어릴 때부터 단련된 감각이다. 학교에 갔다 친구들이랑 놀다가 집에 왔을 때 평소와 다른 기이함이 엄습하는 날이 있었다. 평범한 초등학생의 일상은 집에 들어왔을 때 깨지곤 했다. 고요하게 가라앉은 공기, 말이 없는 두 사람. 수심에 가득 찬 검은 두 얼굴, 음울한 그림자. 같이 사는 어른들이 자주 다투는 집에 있는 어린이는 영문도 모르고 우울해졌다가, 걱정했다가, 불안해한다. 다음 날 아무렇지 않게 다시 또 다른 하루가 시작되면, 근심도 따라 희미해진다. 그걸 엄마, 아빠는 지치지도 않는지 30년째 반복 중이었다. 아빠는 화를 내며 식당 밖까지 들리도록 언성을 높였고 엄마의 얼굴은 냉랭하게 굳어졌다. 종업원의 미묘한 표정과 동생이 준비한 축하 장미꽃다발을 보니 눈물만 주룩주룩 흘렀다.

가장 친밀한 사이인 이들은 밖에서 남들에게라면 하지 않을 날 세운 말과 행동을 서로에게 아무렇지 않게 한다. 갈등과 봉합을 반복한다. 가족 간 다툼이 없을 수는 없다. 어떤 날은 울고, 어떤 날은 웃으며 독특한 유대를 형성해간다. 미움과 사랑, 극에 있는 감정이 뒤섞여, 집은 떠나고 싶다가도, 떠날 수 없는 곳이다. 공적인 장소에서라면 절대 통용되지 않을 문제들도 집에서는 선뜻 받아들여진다. 각자는 서로의 허물을 가감 없이 알면서도 모두 끌어안는다. 그것은 우리끼리의 이야기이고, 이렇게 엮인 가족의 서사는 쉽게 끊어지지 않는다.

내가 어른이 되면 엄마, 아빠도 변하지 않을까. 그렇게 생각했다. 변한 건 없었다. 여전히 오롯이 내 삶 때문이 아닌 엄마, 아빠의 삶 때문에 괴로워야 했다. 평화로운 나의 일상에 갑작스럽게 드리운 그림자를 이유도 모른 채 뒤집어써야 했다. 어른이 되면 둘의 관계야 나와 상관없는 일이 될 줄 알았지만 그것도 착각이었다. 갈등의 전조와 폭발의 충격은 한집에 사는 이상 피해 갈 수 없었다. 어릴 때처럼 이불을 뒤집어쓰고 엉엉 울지는 않았다. 고등학생 때처럼 다급하게 밖으로 나가 싸움을 말리지도 않았다. 무관심, 무대응, 무표정. 엄마, 아빠에게는 그렇게 일관했다. 내 방식대로 분노와 절망을 온 집에 내뿜고 다녔다. 우리집은 시들어 있었다.

이날 이후의 상황은 조금 달랐다. 우리 가족은 서로가 서로에게 질렸던 것 같다. 엄마, 아빠는 이미 오랫동안 서로에게 지쳐 있었다. 그로부터 2년 뒤에 엄마는 심리상담을 시작했다. 그리고 차례로 나와 아빠도 상담 선생님을 만났다. 우리 세 사람은 살면서 처음으로 자신에 대해 생각했다. 어떻게 살아왔고, 어떤 생각을 해왔으며, 어떤 감정을 느껴왔는지. 우리는 자신을 들여다볼 마음의 여유가 없었다. 그래서 오랜 시간 불안과 고통의 원인을 서로에게 돌리고 있었다. 나는 지독하게 스스로에 대해 아는 것이 없었다. 엄마, 아빠가 누군지도 알지 못했다. 궁금해하지도 않았다. 집안의 모든 화는 어디서 분출되고, 어디를 향했던 것일까. 방향을 알지 못한 감정들이 서로를 겨누고 있었다.

어떤 날은 우리집도 드라마에 나오는 가족들처럼 단란하고 오붓했다. 누군가의 생일이 되면 숯불을 피워주는 고기집에서 외식을 하고, 왁자지껄 웃고 떠들며 케이크를 사서 집으로 돌아와 초에 불을 붙이고, 생일축하 노래를 부른다. 이런 순간들을 떠올릴 때마다 사실적이라기보다는 미디어에서 익숙하게 보던 어떤 이미지를 베껴 재현하고 있다는 특이한 감각이 겹친다. 어느 날 밤 엄마, 아빠는 서로를 미워했고, 나는 그런 그들을 아주 미워했다. 우리는 각자 울고 소리 질렀는데, 어느 날 저녁에는 행복한 기분에 사로잡혀 서로를 아낀다. 이런 날은 "사랑하는 엄마(아빠)의~ 생일 축하합니다"라고 노래를 부른다. 우리가 서로를 향해 '사랑'이라는 단어를 목청껏 소리 내어 말하는 유일한 날이다. 각자는 1년에 딱 한 번씩 '사랑'이라는 단어를 가족들로부터 들을 수 있었다.

생일축하 노래를 제외하고는, 우리 가족은 서로 고마워, 미안해, 사랑해와 같은 말을 하지 않는다. 엄마도, 아빠도 자신들 역시 어린 시절부터 가족들과 그런 말을 주고받은 적이 없어서 잘

할 수 없다. 하고 싶은 마음이 있어도 입 밖으로 나오지 않는다. 나도 자라면서 그런 말을 들어본 적이 없어서 할 수 없다. 마음은 넘쳐도, 언어는 그저 맴돌 뿐이다. 나는 언어가 빈곤한 집에서 자랐다.

사랑한다는 말을 아무렇지 않게 하는 다른 가족들, 포옹이나 가벼운 입맞춤이 자연스러운 사람들. 과거 텔레비전으로 보던 것을 지금은 유튜브를 통해 본다. 가족 예능은 익숙한 포맷이 되었다. 유명인의 가족 관찰 영상 아래 댓글에 눈길이 머문다. "아이가 저렇게 밝게 자란 이유가 있었네요.", "너무 행복해 보여서 부럽다"와 같은 감상들. 나도 그렇게 살고 싶다고 생각하며 '좋아요'를 누르며 하트를 보태본다. 책을 서로 선물하는 아빠와 딸, 사소한 배려에도 '고마워'를 스스럼없이 말하는 엄마와 아들, 같이 영화를 보고 토론하는, 고민을 털어놓을 수 있는 친구 같은. '아, 저런 집이 실제로 존재하는구나', 덧붙여 생각한다. '흔한 풍경은 아닐 거야. 특별하기에 방송에 나오는 게 아닐까?' 그리고 다시 생각을 역전시켜본다. 나에게는 이질적인 풍경이 누군가에게는 너무 당연해서 매 순간 공감할 수밖에 없는 풍경일 수도 있다. 무엇이 진짜일까. 현실과 가상을 오가며 이상적인 가족의 모습을 그려본다.

보여지는 것이 전부가 아님을 알고 있다. 누구도 괴롭고 엉망인 일상을 사진으로 담아 인스타그램에 전시하지 않는다. 몸속 곳곳에 퍼져 있는 스트레스와 복잡한 머릿속, 앓고 있는 마음은 눈에 보이게 드러낼 방법조차 없다. 그렇기 때문에 온갖 미디어와 SNS를 뒤덮은 연출된 영상과 이미지와 현실은 더욱 극명하게 대비를 이룬다. 행복으로 정상 시스템이 설정된 장면들에 둘러싸여서 행복하지 않은 내가 비정상처럼 느껴진다.

기억이 자라는 시간

＊
＊
＊

　인화한 사진들을 정리해놓은 낡은 앨범들이 유물처럼 발견된다. 스마트폰 속 픽셀 덩어리로 압축되어 평평한 화면 안에 숨어 있는 사진과 비교하면 무게와 질감을 지닌 인화 사진은 '살아있다'는 느낌이 든다. 사진 속 과거와 지금, 여기의 나는 같으면서도 전혀 다르다. 언젠가 스물일곱의 엄마, 아빠를 만난 적이 있다. 둘은 결혼을 하고 이제 막 첫째 딸을 낳았다. 뽀얗고 앳된 남자와 여자가 작은 아기를 번갈아 안고 사진을 찍었다. 그 아기는 어느덧 서른을 넘어 그들보다도 나이가 많아졌다. 인화된 사진 속에 박제된 시간을 본다. 과거와 현재가 연결되는 환상적인 순간 속에서 그들을 나의 부모가 아닌 어떤 남자와 여자라고 느꼈다. 지금의 내가 과거의 그 시간으로 갈 수 있다면.

나보다 서너 살쯤 어린 동갑내기 부부는 아주 어릴 때 고향을 떠나 서울로 와서 공장에서 일하며 돈을 벌었고 중매로 만나 결혼을 하고, 남자가 다니는 공장 사장님의 도움으로 전셋집을 얻어 신접살림을 차리고 첫 아이를 낳았다. "그렇게 어린 나이에 집을 떠나서 타지에서 일을 시작했고, 심지어 가족들한테 돈을 부쳐주고, 결혼해서 아이까지 있다고요? 저는 엄두도 못 낼 일이에요. 어떻게 그렇게 할 수 있었던 거죠?" 나는 사진 속을 비집고 들어가 스물일곱의 엄마, 아빠를 만난다. 그들이 궁금해진다.

나는 엄마, 아빠의 과거에 무지했다. 내가 살지 않았던 시간이라서, 나와는 무관한 것인 양 굴었다. 내가 태어났을 때부터 부모님은 나의 엄마, 아빠였다. 엄마의 어린이 시절, 아빠의 청년 시절은 내가 영영 알 수 없는 미지의 영역이다. 그렇다고 해서 엄마, 아빠가 태어날 때부터 내 부모인 것은 아니었다. 이 당연한 사실을 알기까지 오랜 시간이 걸렸다. 비록 내가 살지 않았지만 엄마, 아빠가 살았던 과거는 보이지 않는 끈으로 나와 엮여 있다는 생각이 든다. 그것들은 나도 모르는 사이에 내 정체성의 일부를 구성했다.

엄마, 아빠는 베이비붐 세대다. 한국전쟁 이후 출산율이 급증

한 1955년부터 산아제한정책을 실시하여 출생률이 떨어지기 전인 1963년 사이에 태어난 사람들이 바로 베이비부머. 엄마는 6남매 중 넷째, 아빠는 5남매 중 막내다. 엄마, 아빠의 어린 시절은 자라면서 줄곧 스쳐 지나가듯 들었던 단편적인 이야기를 통해서만 알 수 있을 뿐이다.

단돈 2,700원을 들고 강원도에서 서울로 올라온 열일곱 아빠, 교복 입은 또래 아이들이 부러웠다던 열다섯의 엄마. 국민학교를 다니던 때에는 학교까지 가려면 한 시간을 걸어가야 했던 일이라든가, 학교를 가다 말고 산에서 친구들이랑 놀았다든가, 나에게 있어 둘의 어린 시절은 다른 세계의 낯선 과거였다. 국민학교를 졸업하고 나서 중학교에 못 간 이유를 물으면 대답은 늘 짧고 비슷했다. "그 시절에는 다 그랬다"는 것. 그때는 돈이 없고, 가난했고, 그런 이야기들 말이다.

성실하게 일하던 아빠는 당시 다니던 회사 사장님이 전셋돈을 보태주어 성남에 신혼집을 마련했다. 내가 태어났을 때만 해도 꼬박꼬박 월급이 잘 들어왔다는데 서울로 이사와 동생이 태어나고 아빠가 양남동에 5평짜리 공장을 차려 사업을 시작하면서 생활이 불안정해졌다. 가진 것 없이 시작한 20대 후반 동갑내기 부부의 새 출발은 불안했다. 처음에는 일이 없어서 붕어빵으로 끼니를 때우기도 했단다. 도저히 여력이 안 돼서 동생 백일잔치를 못 해주었다는 얘기를 엄마는 자주 한다. 반복되는 그 말 어디에도 '미안하다'는 이야기는 없지만 그 무수한 되돌이표에서 미안하다는 말로는 도저히 담을 수 없을 만큼의 미안함이 느껴진다.

엄마, 아빠의 옛날이야기가 궁금해진 것은 심리상담 이후 치열하게 나 자신을 들여다보기 시작한 이후다. 내가 심리상담을 시작한 이유는 이렇다 할 목적 없이 나부끼는 생활에 무언가 돌파구를 찾기 위해서였다. 다니던 직장을 그만두고, 중국어를 배우겠다고 중국에 갔다가, 어영부영 30대 초반을 지나던 때였다. 나는 어디로 가고 있는가, 멍하니 부유하던 때다. 매거진, 온라인 뉴스 회사를 전전했지만 타의로, 자의로 한곳에 진득하게 붙어 있지 못했다. 이렇다 할 경력도 없이 시간은 흘러, 진로에 대한 실마리를 찾고 싶었다. 한마디로 나는 '미래'를 향해 서 있었다. 그런데 상담시간 내내 엉뚱하게 자꾸만 어릴 때의 기억들이 끌려 나왔다. 자주 다투던 엄마, 아빠와 거기에서 느꼈던 불안과 공포 그리고 홀로 남은 듯한 쓸쓸함과 외로움. 서른이 넘은 젊은 어른이 느끼는 서러움은 여전히 어린 시절에서 비롯되었다. 무슨 이야기를 하든 끝은 엄마, 아빠로 귀결되었다.

누구에게도, 스스로에게도 말하지 않았던 것들이었다. 그저 이미지로만 남아 있는 기억을 꺼내서 적합한 단어들을 고르고, 문장의 형태로 말해야 하는 건 생각보다 힘이 드는 과제였다. 이 과정은 몇 달간 이어졌고, 어떤 날은 울었다. 육체적으로도 피로했다. 모른 체 하려던 나를 정면으로 마주하는 시간들이었다. 살면서 내내 숨고 피하던 것 앞에 서려니 그것만큼 곤욕스러운 일은 없었다.

어린 시절 이야기를 하다 울게 되면 나는 아직도 그때에 머물러 있는 어린이가 되었다. 과거가 환기될 때마다 기억을 헤집는 상담 선생님이 야속하게 느껴지기도 했다. 가끔 일부러 다른 이야기를 했다. 하지만 무슨 수를 써도 나는 나를 떠날 수 없었다. 겪고 싶지 않은 일, 보고 싶지 않았던 장면, 듣고 싶지 않았던 말, 그러나 겪었고 보았고 들었던 것들. 그것들은 마술처럼 사라지지 않았고, 떼어내고 싶어도 끈질기게 달라붙어 나의 한 부분으로 귀속되어 있었다.

엄마는 심리상담을 받으면서 유난히 집에서도 자신의 어릴 적 이야기를 많이 했다. 그건 아빠도 마찬가지였다. 횟수나 빈도는 적었지만, 아빠는 이제껏 한 번도 하지 않았던 이야기를 꺼내놓곤 했다.

떠오르면 괴로워서 잊고자 했던 일들은 오히려 밖으로 꺼내볼수록, 다른 사람에게 이야기할수록, 별것 아닌 것이 된다는 것을. 뾰족하게 모난 돌이 구르고 굴러 매끄럽게 변하는 것처럼.

나와 엄마, 아빠 우리는 그간 기괴하게 각진 바위를 하나씩 마음에 얹고 있다가 힘겹게 그걸 꺼내고, 밖으로 굴리기 시작했다. 『생각하는 인간은 기억하지 않는다』라는 책에서 일본의 한 뇌과학자는 기억은 지울 수는 없지만 성장시킬 수 있다고 말했다. 나를 못살게 구는 골칫덩이 기억도 보기 좋고 괜찮은 녀석으로 키울 수 있다.

기억의 역사

*
*
*

　사람은 누구나 다른 사람을 모방하고 그들에게 배우며 간혹 좌절하고 실패하면서 자란다. 성장은 타인과의 관계 속에서 이루어진다. 기억도 마찬가지다. 자꾸 꺼내놓고 누군가에게 들려주고 그에 대한 반응을 들으면서 최초의 기억은 처음과는 전혀 다른 모습으로 자란다. 우리에게는 좋은 기억과 나쁜 기억이 공존한다. 기억을 키우는 것. 훌륭한 어른의 과제는 자신의 과거 기억을 잘 성장시키는 것이다. 모른 척 그늘에 방치하지 않고 계속 들여다보고 물을 주고 주기적으로 빛을 쐬어주어야 한다. 보기 싫은 기억이라고 해서 관심 주지 않고 방치해버리면 발전도 성장도 없이 정체해서 늘 그 자리에서 똑같이 나를 성가시게 할 것이다. 어차피 내가 버리지 못하고 떠나올 수 없는 기억이라면 끌어안고 잘 보듬어 키우는 쪽이 낫다.

물론 어린 시절의 단편적 기억들과 사건들이 어떤 사람이 겪는 문제의 모든 원인이 된다고는 믿지 않는다. 그런 식으로라면 설명할 수 없는 것들이 너무 많아진다. 그래도 과거를 되짚는 것은 자신을 객관적으로 파악하는 데 도움이 된다. 상담시간 동안 나는 온전히 나를 생각하고 나를 이야기하고 동시에 말하고 있는 나를 경청했다. 나는 살면서 무엇을 보았고, 무엇을 느꼈고, 무엇을 생각했나. 나에게 집중하는 시간 동안 상처받은 나를 만나고, 위로해주고 싶은 나를 만나고, 자랑스러운 나, 못난 나까지 만났다. 일면식도 없는 낯선 사람인 양 나를 마주쳤다. 나는 비난과 질책 대신 누구보다 응원이 필요한 사람이었다. 괜찮다고 생각했던 일은 사실은 오랫동안 내 마음을 괴롭혔다. 제대로 알아주지 못했던 '나'들을 만났다. 나에 대해 깊이 파고들어갈수록 나는 나에게 있어서 너무나 먼 이방인이었다. 타인이 나를 어떻게 생각하는지에만 집착해왔다.

나는 나에게도 미지의 존재여서 온전히 믿을 수 있는 사람이 아니었다. 예측 불가능한 '나'라는 존재는 걸림돌이 되었다. 스스로를 신뢰하지 못하기 때문에 새로운 일과 사람, 모든 도전 앞에서 늘 망설였다. 단점부터 장점까지, 취약한 부분과 제법 잘 해내는 부분들, 한계와 가능성을 가늠할 수 있게 되었을 때, '파악할 수 있는 나'는 단단한 안정감을 주었다. 힘들 때 의지할 수 있는 사람, 필요하면 언제든 달려와줄 사람, 오롯이 신뢰할 수 있는 사람. 나는 그동안 그런 식의 운명적인 타인과의 만남을 바랐다. 하지만 언제고 내 옆에 있을 사람, 나와 이 삶을 태어난 순간부터 죽는 그날까지 함께할 사람은 오직 나뿐이다. 그렇기 때문에 어떤 상황에서나 든든한 내 편이 되어야 하는 건 먼저 나 자신이어야 한다. 내가 어떤 사람인지 아는 것이 중요했던 것이다.

엄마, 아빠도 심리상담을 받을 때 자신들의 어린 시절을 이야기할 수밖에 없을 거라고, 나보다도 더 오랜 과거이겠지만, 아무리 오랜 시간이 흘렀어도 과거의 기억들은 엄마, 아빠에게 그대로 머물러 있을 거라고 생각했다. 과거의 모든 기억과 경험은 켜켜이 쌓여 내 몸에 저장되어 있다. 우리 몸은 각자의 역사박물관이다. 어떤 건 그냥 밖에 내다버리고 싶은 것들이 있다. 폐기할수는 없을까? 그래도 몸은 말한다. 그것 역시 역사의 한 부분이라서 그게 없이는 너를 다 설명할 수 없을 거라고.

엄마, 아빠에게는 사는 동안 그런 시간들이 부재했던 것 아닐까. 자신에게 애정을 갖고 돌아보는 시간들이 과연 두 사람에게 있었을까. 엄마, 아빠의 어린 시절은 어땠을까. 종종 생각했다. 엄마, 아빠가 나에게 상처 주는 것은, 어쩌면 엄마, 아빠도 비슷하게 상처받았기 때문이 아닐까. 어린 시절 이해받지 못한 것, 거절당하고, 보호받지 못한 기억들, 충분히 사랑받지 못한 사실들이 여전히 두 사람의 마음속에 남아서 나처럼 스스로를 미워하고, 누군가를 원망하고 있는 것은 아닐까. 자신이 누군인지 잘 모르고, 그래서 불안정하고, 그런 젊은 날들을 지나면서 난생처음 부모가 되었고, 그래서 어찌할 바를 몰랐던 게 아닐까. 나의 생애는 둘의 과거를 제쳐놓고는 설명할 수 없는 부분들로 넘쳤다. 내가 돋아나는 새싹이라면, 엄마, 아빠는 싹을 틔우기 위한 단단한 나뭇가지였을 것이고, 내가 밑동이라면 엄마, 아빠는 땅속 깊숙이 흙을 그러쥔 뿌리인 셈이다.

김은성 작가의 『내 어머니 이야기』라는 네 권짜리 만화를 친구로부터 선물 받아 읽게 되었다. 그리고 우연히 접한 이 만화책은 나에게도 발굴되지 않은 '내 어머니 이야기'를 상상하게 만들었다. 만화를 그리는 작가는 북에서 태어나 한국전쟁 당시 남으로 온 어머니의 삶을 그림으로 담아냈다. 작가는 만화 속에서 마치 옛날이야기를 들려달라고 조르는 아이처럼 어머니의 기억을 파고든다. 그의 어머니 이야기에는 한국 근현대사의 굴곡이 그대로 새겨져 있었다. 내가 배운 근현대사는 대단한 인물들로 가득차 있다. 이름난 사람들이 벌이는 대대적이고 공적인 사건들이 이어진다. 그 사람들이 역사의 길목마다 커다란 족적을 찍어댈 때, 잔걸음으로 숨죽여 일상을 살아온 보통 사람들의 회한과 삶의 희로애락은 여전히 미궁 속에 갇혀 있었다. 역사의 스포트라이트가 향하는 곳은 높고 웅장한 무대일 뿐 주변에서 꿋꿋이 삶과 운명의 고난을 감내하고 인생을 희생한 무수한 사람들의 이야기는 아무도 기록해주지 않았다. 누구도 그들의 이야기를 묻지 않는다. 어른들이 자주 하는 말 중 하나가, "내가 살아온 역사를 쓰자면 책 한 권도 모자란다"라는 이야기다. 각자의 숭고함이 담긴 작지만 장엄한 이야기들, 아무도 관심 갖지 않아서 입 밖으로 내어볼 기회가 주어지지 않았던 그들의 이야기가 아깝다. 이대로 묻어만 두기에는 아쉽다.

그즈음 대학원 강의에서 교수님의 소개로 『삼순이』라는 책도 알게 되었다. 1950년대부터 1980년대까지 식모, 버스안내양, 여공으로 살았던 여성들을 부르는 이름이다. (저자는 '순'이라는 낱말이 '순하다'라는 뜻으로 가부장제 한국사회에서 순종적인 여성이 되길 강요했던 데서 비롯되었다며, 삼순이라는 비하적인 지칭을 고심했지만 역사성을 그대로 전달하기 위해 부득이 결정했다고 말한다.) 이들은 한국의 경제 발전을 추동한 동력이었지만 그늘에 갇혀 있었다. 나는 엄마가 식모로, 여공으로 일했다는 사실을 기억해냈다. 엄마는 한국 근현대사의 중심에 있던 인물이다. 엄마의 삶은 기록되어야 한다는, 그리고 그 기록을 해줄 사람은 나밖에 없다는 생각이 들었다. 나는 기말과제를 핑계로 엄마의 '생애 인터뷰'를 진행하기로 했다. 우리는 일주일에 한 번씩, 결혼한 동생의 빈방에 앉아서 대화했다.

내 어머니 이야기

＊
＊
＊

엄마는 1961년 공주 쌍달리에서 6남매 중 넷째로 태어났다. 위로 오빠가 셋 있고 이후 여동생과 남동생이 차례로 태어났다. 엄마의 유년 기억은 여섯 살쯤부터 시작된다. 66년에 막내 삼촌이 태어났는데 엄마가 삼촌을 포대기에 싸 업고 다녔다고 한다. 학교를 다녀오면 할 일이 수두룩했다. 나무를 하러 산에 가고 밭도 맸다. 여덟 살, 아홉 살만 되어도 낫질은 다 할 줄 알았다. 여름에는 콩 심은 데 잡초를 뽑고, 가을에는 콩을 터느라 분주했다. 외할머니는 읍내에서 콩을 사러 온 상인에게 콩을 팔았고, 외할아버지는 과수원 주인에게 과일을 사다가 평택 시내로 나가 내다

팔았다.

　엄마는 중학교는 당연히 못 가는 줄로 알았다고 한다. 형편이 넉넉지 않았다. 여유가 있어도 여자아이들은 학교에 보내지 않는 집도 있었다. 공부를 잘했던 엄마 친구 중 하나는 담임선생님이 직접 집에 찾아가서 아이를 꼭 중학교에 보내라고 친구 부모님을 설득했다던데, 부모님이 기어코 딸을 중학교에 보내지 않았다. 위로 오빠가 둘 있었는데 그들은 고등학교, 대학교까지 나왔다고 한다.

　국민학교를 졸업한 엄마는 자연스럽게 집을 나갈 준비를 했다고 한다. 첫째 외삼촌은 장남이라고 중학교를 보내주었다. 둘째, 셋째는 졸업 후에 동네 형들을 따라 서울로 가서 돈을 벌었다. 먼저 도시로 간 엄마의 오빠들은 청계천 인근 공장에 다녔다고 하는데, 외할머니는 아들들이 집을 떠날 때마다 울었다고 한다. 가고 나면 부뚜막에 밥을 한 공기씩 퍼서 올려두었다. 밖에 나가서 굶지 말라는 뜻이었다. 넷째인 엄마도 자연히 어디든 나가 돈을 벌어야 한다고 생각했다고 한다. 집에서 밥만 축내고 있을 순 없다고 했다. 지브리 애니메이션 〈마녀 배달부 키키〉에서 주인공 소녀 키키는 마녀 세계의 법칙에 따라 열세 살이 되자 부모님을 떠나 빗자루를 타고 하늘을 날아 홀로 자신이 지낼 마을을 찾아 나선다. 나는 엄마가 들려주는 이야기가 환상적인 애니메이션의 한 장면처럼, 너무나 비현실적이라고 생각했다.

1974년, 엄마는 서울 고모네 집에 놀러갔다. 엄마는 그때 기차도 처음 타보고, 자동차도 처음 타보았다. 불빛은 찬란했다. 그야말로 신세계였다. 며칠을 그렇게 지냈을까, 서울 고모는 "집에 다시 가면 뭐하느냐, 인천에 가서 심부름만 해주면 되니 거기에서 지내면서 돈을 벌어라" 했다. 인천에는 다른 고모의 두 딸이 살고 있었는데, 첫째 딸이 동인천에서 행사용품을 제작해 파는 공장을 하고 있었다. 건물 한 채를 통째로 썼는데 1층은 가게였고 2층이 공장, 3층이 살림집이었다. 공장에서는 상패며 트로피, 명찰을 만들었다. 엄마에게는 사촌언니가 되는 사람의 집이었다. 엄마의 남의 집 살이가 별안간 시작되었다. 키키가 빵집에서 배달부로 첫 사회생활을 시작하게 된 것처럼 말이다.

당시 농촌가정에서는 어린 여자아이들을 도시 친척집으로 보내는 일이 흔했다고 한다. 일종의 '한 입 덜기 전략'인 셈이다. 남자아이들을 공장으로 보내 기술을 배우게 했다면, 여자아이들이 할 수 있는 일로는 집안 살림을 거들거나 어린아이나 노인을 돌보는 것이 있었다. 그래서 여자아이들은 도시의 친척 집으로 보내져 잔심부름을 하거나 그것도 아니면 아예 남의 집에 가서 식모로 일했다. 1970년대 아파트 설계도를 보면, 부엌 옆에 쪽방이 하나 있다. 이 방이 보통 식모방으로 쓰였다. 지금은 '식모'란 말을 쓰지 않지만, 당시 어느 집에나 식모가 흔했던 때다. 전통적인 대가족 구조에서 하인을 두고 부리던 생활방식이 아직 완전히 사라지지 않은 때이기도 했고, 자녀가 많고 가사노동의 양이 주부 혼자 감당하기 힘들 정도로 많았던 것도 이유다. 엄마는 지금 와서 생각하니 생판 남을 아무렇지 않게 집에 들여 함께 먹고 자던 것이 잘 이해가 가지 않는다고 했다.

인천에 사는 사촌언니에게는 딸이 넷 있었다고 한다. 둘은 엄마보다 두 살, 네 살이 많았고 둘은 어렸다. 촌수로 엄마는 이들의 이모가 되지만, 나이는 비슷한 또래였다. 처음에는 일곱 살짜리 어린아이를 데리고 나가 시장 구경을 다니며 같이 놀아주었다. 공장은 매일 바쁘게 돌아갔고 엄마는 이런저런 심부름도 도맡아 했다. 엄마는 일종의 보모 역할을 했다. 돈을 받아다가 시장에 가서 저녁 찬거리를 사다 나르기도 했다. 사촌언니의 동생도 근방에서 비슷한 공장을 했는데, 그 집에도 심부름해주던 열다섯 먹은 여자아이가 있었다고 한다. 그 집에는 그 아이가 잘 공간도 없어서 잘 시간이 되면 엄마가 있는 집 방에 와서 매일 밤 같이 잤다고 한다.

열네 살 엄마는 어땠을까. 같이 살던 딸들은 중학교를 다닐 때다. 등교하는 학생들이니 여섯 시면 일어난다. 엄마는 학교도 가지 않는데 덩달아 여섯 시에 깨야 한다. 일어나면 방 안에 있는 요강을 부시러 내려간다. 거기에 쪼그려 앉아 얼마동안 졸곤 했다. 엄마보다 나이가 많던 그 집 딸들은 세탁소에 교복을 맡겨달라, 찾아달라 이런저런 심부름을 시켰다고 한다. 엄마는 빳빳하게 다린 세일러칼라 교복을 입고 학교 가는 딸들이 너무 부러웠다고 했다. 생각해보니 엄마는 이 얘기를 살면서 자주 했다. 매일 등교하고 책상에 앉아 공부하는 것으로 투정을 부리면 엄마는 "나는 교복 한번 입어보는 게 소원이었다"거나 "학교가 그렇게 다니고 싶었는데"라며 옛날이야기를 하며 나를 타박했다. 한 집에 사는 또래들이 등교하는 동안 집에 머물러야 했던 엄마의 처지와 그때의 감정들은 언제고 다시 그때처럼 되살아나는 기억이었다. 나는 그것이 정확히 무엇인지 알 수 없지만 어쨌든 그것이 무척 부당했다는 것만은 사실이다. 혈연관계이니 친척집이긴 하지만, 엄마가 생각해도, 내가 생각해도 '남의 집 살이'가 분명했다. 그들은 학교 갈 나이인 엄마를 학교에 보내지 않았다. 엄마는 이때 누군가 야간학교라도 가보란 이야길 해줬다면 얼마나 좋았겠냐며 아쉬워했다. 집을 떠나 도시에 혼자 와서 자신의 미래를 생각하고 계획하기에는 너무 어린 나이였으니 어른들이 그저 하라는 대로 따라야 했다.

며칠 지나지 않아 엄마는 집에 가고 싶은 마음이 굴뚝같았다. 3층 방 창문을 내다보면 버스정류장이 있었는데 저 버스를 타고 서울 고모네 집으로 가면 다시 쌍달 집에 보내주지 않을까 하면서 매일 눈물만 흘렸다고 한다. 그러던 어느 날 외할아버지가 엄마를 보러 인천에 찾아왔다. 엄마는 "아버지, 나 집에 가면 안 돼?"라고 물었는데 외할아버지는 "집에 가면 뭐 하냐, 동생들하고 싸움이나 하지. 여기 있으면 심부름해주고 돈도 주고 할 텐데" 하고서는 손수건과 백 원을 주고는 다시 돌아갔다고 한다. 엄마는 "절망했다"고 했다. 엄마가 절망이라는 단어를 말한 적이 있던가. 낯선 환경에 차별대우를 받는 집에서 유일하게 엄마를 구원해줄 아버지인데, 다시 혼자 집으로 돌아가버리다니 말이다. 안온한 가정에서, 부모님의 관심을 받으며 형제들과 복작거리며 자라날 때에, 엄마는 남의 집에서 이런저런 잔심부름을 시켜대는 어른들 사이에서 교복을 입고 학교 가는 또래를 부러워하며 그저 하루하루를 보내는 수밖에 없었다.

추석이 되어서야 엄마는 그리워하던 고향집에 갈 수 있었다. 엄마는 다시 동인천으로는 가고 싶지 않았다. 그 집 딸들보다 한 수 아래라는 생각이 들어 분했다. 심부름꾼으로 차별대우 받는 것이 견딜 수 없었다고 했다. 밥도 한자리에서 같이 먹고, 잠도 한방에서 같이 잤지만 '불평등'이라는 감각은 누구라도 예민하게 반응하지 않을 수 없는 저항감을 일으켰다. 오빠들이 명절 때마다 집에 와서는 "서울에 다시 가기 싫다"고 말하던 게 엄마도 그제야 이해가 갔다. 차라리 땡볕에서 밭을 매는 게 낫다는 거다. 외삼촌들이 일하던 공장 환경도 어린 청소년들이 견디기에는 열악하기 짝이 없었다. 사람 몇 명만 두고 가동되는 공장 한 켠에 판잣집은 불도 들어오지 않아 늘 싸늘했다. 하지만 별다른 수가 없었다. 엄마는 다음 해 구정까지 동인천에서 지내게 된다. 그 뒤에는 쌍달에 머물면서 몇 개월을 놀았다.

그러다 6월이 되어 엄마는 다시 서울로 가게 되는데, 역시 서울 고모의 소개로 심부름을 하러 간다. 이번에는 진짜 남의 집이었다. "아기만 봐주면 된다"고 했다. 서교동에 있는 아파트였다. 딸이 셋 있었는데 돌이 안 된 막내아기를 보는 것이 엄마의 일이었다. 그야말로 돌봄노동자가 된 것이다. 고작 열다섯이다. 주인집 여자는 여섯 시면 엄마를 깨웠다. 눈뜨면 아기를 포대기에 싸서 업고 나갔다. 당시 이 아파트에는 식모가 없는 집이 없었다고 한다. 엄마가 아기를 들쳐업고 놀이터로 나가면 비슷한 나이 또래의 여자아이들도 나와 있었다. 종종 다른 집이 비면 그 집으로 아기를 업고 가서 같이 놀곤 했다고 한다. 어떤 집은 영등포백화점에서 백양메리야스 매장을 크게 했고, 어떤 집은 집주인이 대학교수고 그랬다.

"나를 빨간 옷 입은 애로 불렀어. 맨날 빨간 옷을 입고 있었거든. 옷이라고는 그거 하나였어."

엄마는 집에서 나올 때 입고 간 옷 하나를 가지고 전날 밤에 빨아서 널어놓고, 다시 아침에 입었다고 한다. 주인집 여자는 따로 옷을 사주지 않았다. 엄마는 내내 아무렇지 않게 옛날이야기를 하더니 옷 이야기를 하다가 울었다. 과거는 정말 지나가는 것일까. 나에게 어린 시절 이야기를 들려주는 사람은 분명 쉰아홉 엄마였지만, 동시에 아는 사람이라고는 단 한 명도 없는 서울에 홀로 떨어져 지내는 열다섯 살 소녀이기도 했다.

서교동 이 집에서 딱 한 달을 있었다. 어느 날 말도 없이 앉아만 있는 엄마에게 주인여자는 짜증을 내더니 아기를 업고 나가버렸고, 엄마는 그 틈을 타 몰래 집에서 빠져나와 버스를 탔다. 서울 고모네 집 근처 서울 중앙청이 있다는 걸 알고 있었다. 중앙청 건물이 보이자마자 버스에서 내렸다. 기억을 더듬어 고모네 집에 갔다. 아기 보는 게 너무 힘들어 못살겠다고 했다. 서울 고모는 엄마를 또 다른 집으로 보냈는데, 아기 보는 게 힘이 들면 노인부부가 사는 곳에 가서 설거지를 해주라고 했다. 엄마는 그 집에 가서도 며칠 일을 하다가 매일 울기만 했다고 한다. 일주일 만에 쫓겨나다시피 했다. 엄마는 그해 여름이 너무 길었다고 했다. 한 달이 몇 년처럼 느껴진다고 했다. 마치 어제 일처럼 생생하다고 했다. 1975년 6월, 지금으로부터 45년 전이다.

생판 남의 집 살이를 했던 1975년 6월을 아는 사람은 오직 엄마의 엄마뿐이었다고 한다. 다른 가족들은 그저 엄마가 친척집에서 살고 있겠거니 했다고 한다. 집에서도, 서울 고모도 엄마가 남의 집 가서 호되게 고생할 거라고는 생각하지 않았다. 그저 심부름만 해주면 된다, 아기만 봐주면 된다, 설거지만 해주면 된다, 그러면 밥도 먹여주고 돈도 준다, 그런 간편한 말들이 그 시절 어른들 사이에서는 자연스럽게 통용되었다. 그러면서 엄마는 그때 외할머니가 얼마나 어수룩했는지를 설명했다. 보따리 장사꾼이 시골에 물건을 팔러 와서 잘 곳이 없으면 외할머니는 밥을 해 먹이고 재워주곤 했다. 외할아버지가 시내에 나가 과일을 팔고 있으니, 남편도 응당 그렇게 먹고 잘 곳을 찾아다니겠다는 생각에서였을 것이다. 그러니까 그건 외할머니가 외할아버지를 생각하는 마음이었던 것 같다. 남편이 어디서든 끼니를 거르지 않고 편히 묵기를 바라는 마음으로, 외할머니는 다른 사람들을 그렇게 대해주었던 게 아닐까. 엄마는 외할머니가 '내 자식들도 객지 나가면 남들이 다들 잘 챙겨주고 잘 살겠거니,' 그렇게 믿었을 거라고 말했다.

엄마가 유일하게 한 달간 서울에서 있었던 일을 이야기했을 때 엄마의 엄마는 "남부끄러우니 다른 사람에게는 말하지 말라"고 했단다. 나는 그 말 속에서 다른 의미를 찾고 싶어진다. 외할머니는 딸이 안쓰럽고 안타까웠던 게 아닐까. 미안하다는 이야기를 하고 싶었던 건 아닐까. 어린 엄마에게 그 말은 위로 아닌 상처가 되었을 거란 것도 잘 알겠다. 엄마는 아무것도 잘못한 것이 없는데도 자신이 부끄러울 만한 일을 했다고 느꼈을 것 같다.

배우지 못한 설움

＊
＊
＊

엄마가 중학교 검정고시 공부를 시작한 건 2012년이다. 원래대로라면 1974년에 입학했어야 할 중학교였다. 엄마는 중학교 검정고시 준비를 주변에 알리지 않았다. 조용히 혼자서 했다. 엄마는 주변 사람들은 엄마가 고등학교는 나온 줄로 알고 있다고 했다. 아빠가 사업을 시작하고 난 뒤 회계처리를 비롯한 온갖 사무를 엄마가 도맡아 했기 때문이다.

내가 초등학교를 다닐 때 엄마는 컴퓨터학원을 다녔다. 90년대 중후반 들어 종이서류가 모두 전산화되면서 엑셀이나 아래아한글을 다루지 않고서는 일처리가 되지 않았다. 엄마를 가장 난처하게 만든 건 영어였다. 거의 모든 용어가 영어로 이루어져 있으니 처음 접하는 컴퓨터의 세계로의 진입장벽은 더 높았을 것이다. 프로그램 사용법은 학원을 다니며 기능을 익히면 될 일이었지만 거래처 직원들이 전화로 이메일 주소를 불러주면 철자를 제대로 적을 수 없어 당황한 적도 많았다. 메일 주소를 못 받아 적어 창피스러웠다고 말하던 엄마의 표정과 목소리가 나에게는 왜 이렇게 생생하게 남아 있는지 모르겠다. 어디 영어뿐이랴. 은행이나 관공서에 가면 복잡한 서식의 문서의 빈칸을 채우느라 애를 먹었다. 가끔 엄마는 나에게 종이뭉치를 들고 와 단어 뜻을 묻기도 했다. 남들은 하루이틀이면 끝날 일을 엄마는 몇 날 며칠을 붙잡고 씨름했다.

엄마가 종종 지나가듯 한 이야기들을 나는 진지하게 받아들였다. 일상생활에서는 잘 쓰이지 않는 한문에서 따온 어휘들로 치장해놓은 서식들은 마치 누군가를 일부러 난처하게 만들기 위한 말장난처럼 보이기도 했다. 일을 하기 위한 지적 기반이 필요했지만, 그런 걸 쌓아놓을 겨를이 없었다. 아빠는 자기 몫의 일들이 있었다. 기계 앞에서 씨름을 하고, 사람들을 만나 어떻게든 좋은 거래를 성사시켜야 했다. 그 밖에 모든 것이 엄마의 몫이었다. 당연한 것도 모르냐는 식으로 은근히 엄마를 무시하는 사람들도 있었다. 뒤늦게 무언가를 배운다는 일이, 모르는 것을 자꾸 물어보아야 하는 상황이 피로하고 괴로운 일이라는 것을 지금의 나는 알고 있다.

"알게 모르게 어딜 가면 자신감이 없어. 뭔가 뒤떨어지는 기분이고. 누가 무슨 말을 하면 알아듣지를 못해. 어디 가서 나서지도 못하고. 내가 무슨 말실수나 하지 않을까 불안하고……." 엄마는 유예된 학업 탓에 늘 자신을 모자라고 부족한 상태로 인식했던 것 같다. 엄마는 그래서 더 열심이었을 것이다. 하지만 이상하게도 배우면 배울수록 자신의 무지함은 더욱 도드라진다. 다른 사람과 적나라하게 자신을 비교하게 된다. 이미 늦었다는 자포자기의 심정과 따라잡을 수 없을 것 같은 절망은 배움을 시작하는 사람들을 가로막는 첫 번째 적이다.

나는 종이서류나 알파벳 따위 앞에서 작아지는 엄마를 편들면서 속으로 배운 사람들의 오만함을 욕했다. 모순적이지만, 그럴 때마다 나의 지적 갈망의 수위는 계속해서 치솟았다. 가끔 생각한다. 혹시 엄마의 지적 결핍이 나의 지적 허영으로 치환된 것은 아닐까. 엄마는 사는 동안에도 지나가는 말로 못 배워서 겪은 이런저런 설움을 털어놓곤 했다. 매일 한탄하는 이야기는 아니었지만 지속적으로 꾸준히, 나는 엄마가 배우지 못한 것을 얼마나 아쉬워하는지, 그리고 그것으로 인해 감정적인 상처를 입었는지 자연스럽게 흡수해 이해하고 있었다. 이 과정은 어느 한 순간에 일어난 전환이 아니라, 태어나 자라면서 아주 오랜 기간 점진적으로 축적된 결과였다.

아빠는 달랐다. "나는 배운 것 없이 여기까지 왔다"의 표본이었다. 공부가 다가 아니다, 좋은 학교 나와봐야 소용없다, 아빠는 이런 식의 말들을 자주 했다. 물론 술을 마셨을 때 이야기다. 아빠 말대로 공부가 인생의 전부는 아니다. 아빠는 학업적 지식 대신 수십 년에 걸쳐 몸으로 부딪쳐 경험을 쌓으며 한 분야의 기술에 통달한 장인인 셈이다. 그것이야말로 '진짜 공부'라는 생각도 든다. "나는 굉장히 강한 사람이다"라는 말도 단골 멘트다. 나는 나중에 가서야 똑같은 말을 이렇게 오래, (그러니까 내가 어렸을 때부터 성인이 될 때까지) 하는 데는 그래야 하는 어떤 이유, 일종의 압박감이 있는 게 아닐까 추측했다. 일종의 최면이랄까. 아빠는 스스로 강해져야만 했기 때문에 자신이 그렇다고 끊임없이 되뇌었고, 실제로 자신이 강한 사람이라고 철석같이 믿게 되었는지도 모른다. 공부에 대해서도 그랬다. 아빠는 아주 가끔씩 언뜻 아쉬움 비슷한 것을 내비치기도 했다. 이를테면 "내가 영어만 할 줄 알았다면 지금보다 더 성공할 수 있었다"거나 하는 식으로. 나는 그때마다 지금도 안 늦었으니 시작하면 된다고 하지만, 대화는 꼭 "다 늙어서 무슨 공부냐"는 말, 혹은 "창피스럽게 이제 와서 어디 가서 뭘 배우냐"는 말로 마무리된다. 나는 이 말들을 샅샅이 파고든다. 때를 놓친 학업에 대한 미련, 무언가에 서툰 자신에 대한 회피, 평생 "나는 강한 사람이다"라고 외쳐온 이의 외로움. 물론 제멋대로 누군가를 추측하고 짐작한다는 혐의로부터 나는 자유로울 수 없을 것이다. 그럼에도 나는 어쨌든 30년 넘게 엄마, 아빠를 지켜봐온 사람이다.

  엄마와 세 살 터울의 여동생인 이모는 국민학교를 졸업하고 바로 중학교에 진학했다. 엄마는 당연히 못 간다고 생각했던 중학교 입학이 쌍달리에서 3년 뒤에는 자연스러운 일이 된 것이다. 이모는 중학교 졸업 이후 야간고등학교를 졸업했다. 엄마와 이모 사이에 놓인 3년이라는 시간 동안 나라에서 일어난 수많은 변화 양상들이 둘의 최종학력에 엄청난 격차를 만든 셈이다. 엄마가 동인천에 갔다가 돌아온 추석, 1974년 가을에 쌍달리에는 전기가 들어왔다. 그보다 좀 더 시내에 가까웠던 곳은 이미 전부터 전기가 들어와 있었지만 중심부에서 멀어지면 멀어질수록 문명의 혜택을 받는 데 더 오랜 시간이 걸렸다. 실제로 1970년 중후반을 지나면서 중학교 진학률이 높아졌다. 자연히 농촌에서 상경하는 나이도 점차 올라가, 엄마처럼 어릴 때 도시로 와 남의 집 살이를 하거나 식모로 일하는 경우는 아주 드문 일이 되었다. 엄마는 가장 척박한 유년기와 청년기를 보내게 된 가장 마지막 세대로 보인다. 1년만, 2년만 늦게 태어났다면 엄마의 인생은 지금과는 또 다르지 않았을까.

엄마의 사촌형제들은 그리 멀지 않은 곳에 모여 살았다. 사촌들과의 왕래가 잦았고, 엄마보다 한두 살 더 많은 언니들은 벌써 도시로 떠나 직장생활을 하고 있었다. 1975년 추석을 쇠고, 엄마는 사촌언니를 따라 다시 서울로 이주한다. 이런 풍경은 당시 농촌에서 상급학교로 진학하지 못한 아이들이 도시의 공장으로 취업하는 전형적인 모습이었다. 친척이나 동네에서 어릴 적부터 친했던 언니나 형들을 따라 그들의 소개로 사회생활을 시작한다. 1960년대 한국은 섬유, 식품, 전자조립 부문 등 경공업을 중심으로 한 수출지향적 산업화 전략을 내세웠다. 단순 반복 노동을 기반으로 한 인력이 중요했기 때문에 단기간에 필요한 기능만 터득하면 누구나 일할 수 있었다. 농촌에서 도시로 온 어린 여성들은 저렴한 노동력을 제공하는 인력 창구였고 정부도 이들을 적극적으로 받아들였다. 따라서 지금 나이로 따지면 중학교, 고등학교를 다녀야 할 10대 여공들의 비율이 높았다. 어린 여성 노동자가 집중된 경공업 수출산업이 우리나라 전체 생산액의 70퍼센트를 차지했다고 하니, 이들은 '산업전사'나 '근로역군'으로 불릴 만했다. 물론 '공순이'라 얕잡아 부르는 말이 더 흔했지만 말이다.

고등학교 근현대사 교과서에서 보았던 당시 여공들의 열악한 노동환경과 부당한 처우에 저항하는 모습을 담은 사진들이 아직도 선명하게 뇌리에 각인되어 있다. 대학생이 되었을 때 나는 엄마가 여공으로 일했다는 이야기를 들었고, 엄마에게도 그런 투사적인 면모가 있었는지를 궁금해했다. 엄마는 운동가나 활동가가 아니었고 그저 착실히 공장에 다니던 어린 노동자였다. 역사 교과서에 실릴 만한 대단한 사건들과 비교하면 엄마의 여공 시절은 평범했고 나는 금세 흥미를 잃었다.

남들이 다 학교 다닐 때 학교에 가지 않았던 엄마의 인생에는 분명 일반적이지 않은 사건과 이야기가 담겨 있다, 그러나 나는 거기에 큰 관심을 두지 않았다. 이미 너무 오래전 일이었고 나와는 무관한 비현실처럼 느껴졌기 때문이다. 단절되어 완전히 사라진 것. 나에게 엄마, 아빠의 과거는 흑백 무성영화처럼 아무런 감흥을 불러일으키지 못했다. 엄마도 옛날 일을 구태여 시시콜콜 이야기하지 않았다. 엄마에게도 이미 지나간 과거이자 잊고 싶은 과거였을 뿐이다. 그것도 아주 고생스럽고 고단했던 과거. 간직하고픈 일이라기보다는 그저 과거 어딘가에 오랫동안 숨겨두고 싶은 이야기였다.

3장

우리는 이해와 원망 사이를 부단히 오간다

수치심의 뿌리

*
**
**

　1975년, 엄마가 처음 여공으로 사회생활을 시작한 곳은 왕십리의 순흥물산이다. 규모가 작은 방직공장이었는데 기숙사가 따로 없어서 주택가에 방을 얻어 그곳에서 먹고 잤다. 국민학교를 졸업한 뒤 도시로 올라온 열넷, 열다섯 당시 엄마 또래가 수두룩했다. 가을부터 겨울까지 4개월여를 보냈다. 방 하나에 연탄아궁이가 하나씩 있는 구조였다. 어떤 방은 불이 잘 들어오지 않아 말도 못 하게 추웠다. 엄마는 그때 오들오들 떨면서 자다가 걸린 감기가 얼마나 독했는지를 아직도 기억하고 있었다.

　하지만 엄마는 공장에 다니는 게 좋았다. 무엇이 좋은가 하면,

"모두가 똑같다는 것"이었다. 밥도 똑같이 먹고, 일도 똑같이 하고, 돈도 똑같이 받는다. 공동생활을 하며 모두 동등한 대우를 받는다. 열네 살 동인천과 서울에서 엄마가 겪은 사람 간의 위계질서와 당연하게 행해졌던 차별과 불평등이 몸에 각인되는 추위와 비슷하게 덧씌워져 지워지지 않는 불쾌한 감각으로 남았다.

"남이 무언가를 시키는 거, 그게 싫었어. 자유가 없는 것이나 마찬가지야."

몸은 힘들어도 직장은 공평했고 또래 아이들과 일을 하니 할 만했다. 왕십리에서 그해 겨울을 나고 엄마는 안양 삼풍섬유로 회사를 옮긴다. 사촌언니가 먼저 다니던 회사인데, 엄마를 소개로 데려온 것이다. 일할 사람을 데리고 왔다고 하면 사무실로 데려가 인사를 시키고 부서에서 등록을 시켜주면 모든 절차는 끝이 난다. 삼풍섬유는 대기업이었다. 회사 전 직원이 2천 명이 넘었고 대부분 여자였다. 반면 관리직은 거의 모두가 남자였다. 기숙사 시설도 좋았다. 구내식당에서 삼시 세끼를 해결했다. 아는 사람이나 인맥이 없으면 이런 곳은 취업하기 쉽지 않았다고 한다. 엄마는 '하의 완성부'에 들어가 일을 배웠다. 기숙사는 커다란 방 하나에 여덟 명씩 들어가 생활하는 구조였다. 방이 크다고 해봐야 한 명당 할당된 공간은 혼자 누워 잘 만한 크기일 뿐이다. 각자 옷장이 하나씩 주어졌다. 엄마는 그 안에서도 가장 어린 축에 속했다. 스무 살 내외 언니들이 가장 많았다고 한다. 회사에서는 다달이 생일인 사람들을 모아 생일잔치도 해주었다고 한다. 그달 생일인 사람을 모두 불러 모으면 수십 명이 되었는데, 선물로 뚜껑 달린 플라스틱 바가지를 받았다. 플라스틱이 '유행'이었다고 한다. 그걸 받고 그렇게 다들 좋아했다는데, 흔해 빠진 플라스틱이 생일 선물이라는 것도, 그게 그렇게 귀하고 좋았다는 것도, 나에게는 어느 것 하나 기이하지 않은 게 없었다.

삼풍섬유에서는 '캠브리지'라는 브랜드의 신사복, 그중에서도 바지를 만들었다. 아침 여덟 시 반부터 저녁 여섯 시까지 근무를 하고 야근은 열 시까지다. 간혹 새벽 두 시까지 일을 할 때도 있었다. 수출되는 제품들이었기에 선적일에 맞추려면 야근이 불가피했다. 일은 정말 바빴다.

1년 정도 다녔을 때쯤 회사에 야간학교가 생겼다. 엄마도 야간학교를 다녔다. 거기에서 난생처음 기초영어를 배웠단다. 그런데 곧 그만두었다고 한다. 일이 너무 힘들었다.

엄마는 이렇게도 생각했다. 시간이 흐르자 처음 서울 왔을 때의 초라함은 어느 정도 가셨다. 일을 이르게 시작한 엄마는 중졸이나 고졸 신입들에게 일을 가르칠 때도 있었는데, 답답한 사람이 한둘이 아니었다. 배운 정도와 빠릿빠릿한 일 처리는 별다른 상관관계가 없어 보였다. 엄마는 어떤 면에서는 더 당당했다. 오히려 떳떳했다. 산전수전을 겪다 보니 웬만한 일은 고생 같지도 않았다. 국졸이라고 명찰에 써 붙이고 다니는 것도 아니고, 다른 사람들도 엄마에 대해 배울 만큼 배웠겠거니 생각하는 것 같았다.

처음 월급은 7천 원이었다가 곧 만 원으로 올랐다. 서울 고모가 저축을 해주겠다고 하여 그쪽으로 돈을 받는 족족 모두 부쳤다. 삼풍섬유에서만 2년 반을 일했다. 그렇게 모은 돈은 뜻밖에 둘째, 셋째오빠 가게를 차리는 데 다 보태주었다고 한다. 엄마 위에 오빠 셋은 모두 차례로 국민학교를 졸업하고 나서 동인천 행사용품 공장에서 일을 거들면서 기술을 배웠다. 명찰을 새기고 현수막을 만들고 단체명을 새겨 대량으로 각종 유니폼을 납품하는 일들을 배운 것이다. 첫째가 군대 간 사이, 둘째와 셋째가 동인천 근처에 현수막 가게를 차리기로 했다. 이때 두 외삼촌이 엄마를 직원으로 영입한다. 외할아버지도 "가서 밥이나 해주라"며 찬성했다. 열다섯, 열여섯에 잔업이며 야근에 시달린 엄마는 퇴직금을 챙겨 미련 없이 공장을 그만두었다. 물론 퇴직금도 가게 차리는 데 다 쏟아부었다. "결혼할 때 갚아준다더니, 한푼도 못 받았어." 외삼촌들과 엄마는 1년을 동인천에서 함께 일했다.

나중에 나는 엄마와 동인천에 함께 가서 엄마가 어릴 때 살았던 행사용품 가게며 엄마가 일했던 현수막 가게 근처를 돌아다녔다. 모든 장소가 여전히 그대로 그 자리에 있었다. 4층짜리 건물 옥상에 아무렇게나 놓인 판잣집, 이제 갓 20대가 된 외삼촌들과 엄마가 천에 물감으로 글씨를 새기던 그 자리가 말이다. 남이 떼고 버린 연탄을 주어다가 쓰던 가난했던 시절의 그곳. 그대로 남은 장소, 지워지지 않는 기억. 엄마에게 동인천은 40년이 흘렀지만 그런 장소였다.

현수막가게 직원이 된 엄마는 동인천에서 종로까지 지하철을 타고 가서 천이며 물감을 손이 끊어지도록 사다 날랐다. 그때는 왜 바퀴 달린 짐바구니도 없었을까. 설거지도 한겨울에 꽁꽁 언물로 했는데, 그때는 왜 고무장갑도 없었을까. 너무 당연했던 것들이 그때는 그렇지 않았다는 사실을 2020년에 우리 둘 다 이상하다 생각했다.

동인천 현수막 가게는 밤을 새워 일해도 돈이 벌리지 않았다. 제대로 배운 사람이 없어 맞춤법이 틀릴 때도 많았다. 글자를 새기는 일을 하는 사람들에게는 치명적인 문제였다. 1년을 그렇게 고생하다가 엄마는 오빠들을 떠나 다시 공장일을 알아보기로 하고, 그 후에는 이모가 대신 와서 외삼촌들과 일을 했다. 이모는 당시 충남 방직공장에서 일하고 있었는데, 3교대가 너무 고되어 그만두고 동인천으로 왔단다.

엄마의 옛날이야기는 곧 엄마의 가족 이야기였다. 나는 여러 번 물었다. 엄마는 외할머니, 외할아버지가 원망스럽지 않느냐고. 엄마는 이미 그런 건 다 잊은 것 같았다. 그렇게 고생할 때도 명절이 되면 집에 가고 싶은 마음뿐이었고, 돈을 벌면 '엄마 뭐 사다 주지?' 그 생각밖에 없었다고 한다. 오빠들도 돈을 벌면 다 집으로 가져왔다. 공장 다닐 때 친구들과 동대문시장에 자주 갔다고 한다. 돈을 버는 10대 여자아이들은 자기 옷도 샀지만, 그러고 나면 다들 부모님, 형제, 자매 입힐 것을 고르느라 시간 가는 줄 몰랐다. 도시에 떨어져 나와 생각나는 것이라고는 가족뿐이었다.

1980년, 스무 살이 된 엄마는 천안 국제방직에서 다시 여공생활을 시작했다. 이때는 3교대로 일을 했다. 6시부터 2시, 2시부터 10시, 10시부터 6시까지 돌아가며 일한다. 정포 부서에서 일했는데 잘못 짜인 포를 손으로 고르게 하는 것이 주된 업무였다. 다른 부서는 실을 짜고 천을 만드는 직포기계가 돌아가서 굉음이 심하고 천에서 나오는 먼지가 잔뜩 해 시끄럽고 숨쉬기도 불편했다. 그에 비하면 정포는 일이 편했는데, 이 일은 고등학교 나온 아이들만 따로 모아서 부서를 꾸렸다고 한다. 엄마는 고졸이 아니었지만, 회사 사람들은 엄마가 일을 잘한다고 생각했고, 엄마도 굳이 다른 말 않고 들어가 일을 했다.

1982년에는 천안 요업개발로 직장을 옮긴다. 도자기에 그림 그

리는 일을 했다. 스티커를 붙이고 그대로 따라 그리면 되는 작업
이라 특별한 기술이 필요한 일은 아니었다. 대나무 그림을 입힌
도자기 수출량이 엄청나서 선적 시기에는 무조건 야근했다. 여
공이나 관리자나 할 것 없이 모두 바빴다. 엄마는 이쯤 되어서야
자기 돈을 모을 수 있었다. 천안에서는 기숙사생활 대신 자취방
을 구해 여동생, 남동생과 함께 셋이 살았다. 열세 살에 상경하
여 한시도 쉬지 않고 일한 셈이다. 엄마는 20대를 전후하여 정서
적으로나 경제적으로나, 모든 면에서 독립했다.

　배우지 못했다는 것을 상기시킬 일이 없을 만큼 당당했던 엄마
에게 당혹감을 불러일으킨 건 뜻밖에도 연애편지 때문이었다.
좋아하는 사람과 마음을 주고받을 유일한 통로는 편지였다. 편
지에 답장을 하려고 종이를 펼쳤는데 도무지 글을 쓸 수 없었다.
한글도 알고 말도 잘했지만 마음을 글로 표현하는 일은 다른 차
원의 것이었다. 연필을 쥐고 무언가 쓴다는 것 자체가 엄마의 삶
에서는 자취를 감춘 뒤였다. 종이를 앞에 두고 아무것도 할 수
없었던 엄마는 혹시 상대가 이를 알고 흉을 보지나 않을까 마음
을 졸였다.

　공장에서 일하던 고단한 10대 여자아이들이 가난한 나라 경제
에 이바지한 공을, 누가 고귀하게 여겨주었던가. 한 사람의 이름
으로, 혹은 정부의 이름으로, 우리나라가 가난에서 벗어나 잘살

게 된 이유를 간단하게 설명해버리고 나면, 그 뒤에 숨은 주역들의 보석 같은 삶은 그저 길가에 나뒹구는 돌멩이가 되어버리고 만다. 그리고 돌멩이는 자신이 원래 보석이었다는 사실마저 잊는다. 산업전사라는 거창한 수식은 허울 좋은 이름이었다. 당시 이들의 주 업무는 숙련도가 높지 않은 단순노동이었기 때문에 기업 입장에서는 이들의 장기근속을 원하지 않았다. 언제든 대체될 수 있는 인력이었고 임금을 적게 주면서 오랜 시간 일을 시킬 수도 있었다. 노동자 입장에서는 배운 것 없이 상경하여 저숙련 노동을 반복하는 구조에서 스스로 자기계발을 한다거나 기술을 축적해 다른 미래를 꿈꿔볼 여력이 없었다. 값싼 노동력을 기반으로 엄청난 물량을 수출하여 나라가 돈을 버는 구조였으니, 임금은 그저 생계비 수준에 그쳤다. 사춘기 소녀 시절도, 파릇한 낭만의 젊음도 엄마에게는 머물 새 없이 휘발되어버렸다. 그렇게 쏟아져 나간 시간은 다시 돌아오지 않았다. 엄마는 당당하고 치열하게 살아왔지만 마지막에 밀려오는 진짜 자신은 어딘가 부끄러웠다.

아빠의 자부심

*
**
*

아빠는 열일곱에 서울로 올라와 스프링 기술을 배웠다. 아빠가
나중에 이야기해주길, 스프링 기술자들 중에는 유난히 강원도
사람들이 많았다고 한다. 정확한 인과관계는 알 수 없다. 하지만
가장 먼저 서울로 떠난 누군가가 스프링 기술을 배웠고 명절에
올 때마다 동네 남자아이들을 하나씩 그쪽으로 데려가다 보니
그렇게 된 것이 아닐까? 엄마가 근방에 살던 친척언니들을 따라
방직공장으로 간 것처럼 말이다. 60년대 시골에서는 같이 동네
에 살던 사람들이 서울 어디에 가서 무슨 기술을 배웠는지가 남
은 아우들의 미래까지 결정해버리곤 했던 것 같다.

아빠는 서울로 올라오기 전 산으로 양봉을 하러 다니면서 나름 돈을 벌다가 상경해 작은 공장에서 지내기 시작했다. 잠은 다락에서 아무렇게나 잤다. 겨울에 추워서 난로를 끼고 자다가 불이 난 적도 있다고 한다. 정식으로 스프링 기술을 배우기 전에는 잠깐 사진앨범 만드는 공장에 다녔다는데, 일하던 상사가 일을 똑바로 안 한다며 혼을 내기에 도망쳐 나왔다고 한다. 그 뒤로 아는 형님네에서 스프링 기술을 배우면서 봉급이랄 것도 없이 밥만 얻어먹었다.

70년대 중반부터 정부는 노동집약적 경공업 수출이 포화상태에 이르자 이를 더는 지속할 수 없다고 판단하고 중공업을 육성하기 시작한다. 이때 우리나라에 처음으로 공업고등학교가 생겨나 남자아이들을 모아 기술을 가르쳤다. 이후에 상업고등학교를 신설해 여자아이들을 교육했다. 남자아이들과 여자아이들이 할 일은 이렇게 구분되었다. 공고를 나온 남성들은 기술직무 전선에 배치되었고, 상고를 나온 여성들은 우후죽순 생기던 기업의 '경리'로 취직할 수 있었다. 당시 나라 경제와 인적 자원을 가르는 정책들을 담당한 사람들은 성별에 따라 적합한 일이 있다는 굳은 사고방식에 사로잡혀 있었다.

스프링 기술 역시 금속산업의 일환이니, 중화학공업이 뜨던 때 아빠는 꽤 운 좋은 기술을 배운 셈이다. 엄마의 오빠들은 행사용품 공장에서 첫 기술을 배우는 바람에 현수막 가게를 차린 셈이다. 시간이 흐르자 이 기술은 모두 컴퓨터로 대체되었고 계속 사업을 이어가기 힘들어졌다. 아빠는 도제식으로 공장에서 어른들에게 일을 배우고 익혔다. '돈을 벌자'는 악착같은 마음뿐이었다. 그저 일만 했다. 돈이 없어서 어디 놀러 다니지도 못했다. 근면한 아빠를 좋게 본 회사에서는 어린 나이의 아빠를 공장장 자리까지 올려주었다. 그러다 충청도에서 올라와 아빠와 한 공장에서 일하던 아주머니가 아가씨를 소개했는데, 그게 엄마였다. 백반집에서 오징어볶음을 시켜 먹으며 둘은 처음 만났고, 동갑인 둘은 스물여섯에 결혼했다.

내가 태어나고 이듬해 1988년 10월, 둘은 양남동에서 월세로 공장을 얻어 사업을 시작했다. 공장을 새로 차렸으니 무조건 잘될 줄 알았다. 도와준다는 사람도 많았고, 일을 주겠다는 사람들도 있었다. 그런데 웬걸, 한 달이 지나고 두 달이 지나도 일이 없다. 월세를 빚을 내서 주고 밥 세끼도 못 챙겨 먹었다. 그러다 이듬해 봄이 되었을 때 대기업에 다니던 이모부가 엄마, 아빠에게 오토바이에 들어가는 스프링 부품 업체를 소개해주었다. 단가를 낮춰서 물건을 해주면 주문을 줄 거라고 했다. 그 길로 찾아가서 단가를 아주 싸게 불러 주문을 받아왔다. 그게 발판이 되었다. 한 달, 두 달 하니 월세도 내고 가게 유지가 되었다. 현상 유지가 되고 뜨내기 주문이 걸리면 만 원, 2만 원에 팔고, 그렇게 생긴 거래처에서 다른 곳을 소개해주면 찾아가 일을 받아왔다. 서울화학 오토바이 조립, 부천공업 일을 차례로 시작하게 되었다. 그러면서 돈을 모았다. 내가 일곱 살이던 1993년, 아빠는 가게를 차리기 전에 다니던 공장 박사장이라는 사람에게 스프링 공장을 인수했다. 기술도 있고, 공장을 인수할 만한 돈을 모은 게 박사장 주변에는 당시 아빠 하나였다고 한다. 그 길로 우리 가족은 인천으로 이사와 지금까지 살고 있다.

인천에 온 이후에도 내 기억에 공장은 바람 잘 날 없었다. 인수만 하면 금방 돈을 벌 것 같았지만 마음처럼 쉽지 않았다. 자동화가 시작될 즈음이었고 그간 반자동기계로 한 번 스프링을 찍어내고, 사람이 손으로 한 번 더 찍는 공정으로 납품을 했는데 기계가 아닌 사람이 작업하는 과정에서 불량이 자주 났다. 기계를 들이기로 마음먹고 빚을 냈다. 그렇게 기계 한 대를 들여 물건을 납품하고 이자를 갚고 나면 다시 또 기계를 사고, 그런 식으로 돈이 생기면 무조건 기계를 샀다. 공장을 인수할 때도 빚을 냈으니 이때는 계속 이자를 갚고 원금을 다시 메우느라 빚에서 헤어날 수가 없었다. 그러다가 상황이 나아지기 시작한 건 한창 아이엠에프IMF로 시국이 뒤숭숭하던 98년이었다. 릴낚시 부품 주문이 엄청나게 늘었다. 직장을 잃고 낚시하러 다니는 사람이 많아져 릴낚시 부품 주문이 폭주했다는 것이다. 릴낚시 부품 개발을 한 건 95년이었다. 그때 엄마 뱃속에는 나와 여덟 살 차이가 나는 우리집 막내가 있었는데, 주문을 받고서 물건이 제대로 나오지 않아 매일 공장에 상주한 채 밤을 새우며 직원들 라면을 끓여줘가며 일을 했다. 공장은 건물 지하였는데 여름에 비만 왔다 하면 물이 넘쳐 퍼내느라 한세월이었다. 엄마는 "진이 다 빠져야 뭔가 된다"고 했다.

그 뒤로 사업은 자리를 잡았고 안정적으로 유지되었다. 내가 중학생이 되었을 때 처음으로 우리집도 진짜 '우리집'이 생겼다. 명절에 친척어른들을 만나면 아빠를 두고 "강원도 촌놈이 성공했네"라며 우스갯소리를 했다.

경제적으로는 상황이 폈지만, 이렇게 되기까지 커다란 돌덩이를 함께 굴렸던 엄마, 아빠는 끊임없이 부침과 갈등을 겪었다. 사업과 가정은 분리되지 않고 함께 뒤섞여, 불화의 원인도 종잡을 수 없을 만큼 다양했다. 엄마, 아빠에게는 자식들에게 지긋지긋한 가난만큼은 물려주지 않으려는 누구보다 강한 열망이 있었다. 둘째가라면 서러울 만큼 근면 성실하고 책임감 있는 사람들이 나를 낳아서 길러주었다. 정말 운이 좋았다. 어느 집에 태어날지 선택할 수 있는 권한을 가진 인간은 없으니 말이다. 대신그렇게 일을 하느라 둘은 만성적인 스트레스에 시달렸고 해소되지 못하고 쌓인 감정들이 집 안에서 다툼으로 분출되었다. 아쉽지만, 나는 세심하고 다정한 사람들이 머무는 집에 태어나지는 못했다. 부족하고 불충분하다는 열등감이 앞선 둘은 자신을 진정으로 돌보고 사랑할 여유가 없었다. 그래서 서로에게, 또는 아이들에게 가진 사랑을 표현해줄 방법도 잘 몰랐다.

엄마, 아빠는 왜 그렇게 싸웠을까? 엄마는 이렇게 생각했다. 자기만족이 안 되면 화가 난다. 일이 뜻대로 되지 않으면 아빠는 스트레스를 받았고 그걸 집에 와서 풀었다. 배운 것은 없고, 사람들을 상대하다 보니 나보다 못한 사람은 없는 것 같고, 그런 열등감이 아빠를 답답하게 만들었을 거라는 이야기다. 엄마 역시 사람들을 대하다 보면 자존심이 상할 때가 많았다. 상대는 내가 어떤 사람인지 모른다. 국민학교만 나왔다는 걸 먼저 알 리 없다. 그런데 그걸 나는 안다. 못 배운 사람이라는 걸 내가 알아서, 스스로를 무시하는 마음을 상대방에게 투영한다. 상대는 전혀 그런 마음이 없는데, 먼저 지레짐작하는 거다. "왠지 저 사람이 날 무시하는 것 같다"고. 이런 망상이 엄마, 아빠를 얼마나 오랜 시간 동안 유령처럼 따라다니며 괴롭혀왔을까.

엄마는 배운 것 없이 사업을 하는 건 언제나 불안의 연속이었다고 했다. 자신감이 없기 때문에 늘 마음을 졸인다. 업체 관리를 하면서 사람 하나가 속을 썩이면 조마조마하고, 거래처에서 불량 나왔다는 소리만 들어도 오싹해지는 것이다. 경쟁사에서 치고 들어온다는 소식에도 배로 민감하다. 둘은 배우지 못한 만큼 더 악착같이 하지 않으면 안 된다는 압박과 부담에 평생을 시달려온 것이다. 그게 사업을 키운 원동력이었지만 본인이나 식구들은 불안과 긴장 속에 살아야 했다.

기억은 글이 되어야 한다

*
*
*

엄마는 열세 살에 이방인이 되었다. 낯선 장소에서 모르는 사람들과 살았다. 엄마 말대로라면, 동인천에서도, 서울에서도 '심부름꾼'이었다. 그 유년기는 분명한 과거이지만 동시에 생생한 현재이기도 했다. 엄마가 유년기에 체득한 정체성은 '나는 이해받을 수 없는 존재'라는 사실이 아니었을까. 집을 떠나온 순간부터 세상은 엄마에게 등 돌리고 서 있는 벽이 아니었을까. 따뜻한 온기라고는 느낄 수 없는, 어떤 애정도 구할 곳이 없는 벽. 마음껏 응석 부릴 곳도, 예민해지는 감수성을 터트릴 곳도, 홀연히 찾아오는 우울함을 토로할 곳도 없이 엄마의 10대는 쏜살같이 지나갔다. 엄마는 단 하루도 진짜 아이로 살아보지 못한 것 같다. 남의 집에서 주눅들어 지내면서, 공장에서 고되게 일을 하면서, 누구나 누렸어야 할 장면들을 도둑맞은 것 같다. 살아보지 못한 시간들은 소멸되지 않고 어느 때든 불쑥 튀어나온다. 내가 여전히 자라지 못한 어른인 것처럼, 엄마도 어느 순간마다 어린 시절 제대로 살지 못한 아이가 튀어나왔을 것이다. 결혼해서도, 아이를 낳고서도, 중년에 이르러서도 마찬가지다. 엄마는 어린 시절 이야기를 해주고 나서 그 뒤로 며칠간은 다시 그때 생각이 나서 괴롭다고 했다. 이미 지나간 일인데 다시금 초라해지고 주눅드는 기분이 든다는 것이었다.

　누구나 다시 꺼내 보고 싶지 않은 기억들이 있다. 굳이 헤집어 다시 아프고 싶지 않다. "시간이 약이다"라고 한다. 하지만 시간이 지나도 해결되지 않는 것들이 있다. 야속하게도 기억하고 싶지 않은 것들은 시간이 흐를수록 오히려 더 강한 잔상과 자국을 남긴다. 잊고 싶어도 절대 잊히지 않는다. 잊은 척 살아간다고 해보자. 우리는 곧 알아챈다. 잊고 산다고 생각했던 아픔이 매 순간 찾아와 어떻게든 과거를 뒤로하고 전진하려는 나를 끈질기게 방해한다는 걸. 자격지심과 피해의식, 열등감은 아픈 기억을 먹고 자라 강력한 내면의 목소리를 만든다. 처음에는 조용히 속삭이다가, 나중에는 확성기에 대고 크게 외친다. 너는 사랑받지 못하는 존재야. 아무도 너를 좋아하지 않아. 너는 아무것도 해낼 수 없어. 너는 못해.

아픈 기억을 영구히 삭제할 수 없다면 차선을 택해야 한다. 죽을 때까지 내 속에 보관해야 한다면, 어지럽게 흩어진 상태로 아무렇게나 방치하는 것보다는, 차근히 꺼내 다시 보고, 가지런히 정리해두는 편이 낫다. 기억을 말하거나 글로 쓰면서 정리를 시작한다. 기억에는 형체가 없다. 비극적인 이미지와 불쾌한 감각들이 뒤섞여 불분명하게 남아 표류한다. 손대고 싶지 않고 굳이 다시 끄집어내고 싶지도 않아서 더더욱 내밀한 장소에 묻어두었던 정체불명의 그것에 이름을 부여해보는 것이다. 단어를 주고, 문장을 주고, 단락을 주어보자. 글로 형태를 가진 기억은 이제 불러올 수 있고 다시 멀리 떠나보낼 수도 있다. 기억은 언어라는 형체를 갖추고, 어느 순간 명료해진다. 언어만이 기억을 통제할 수 있는 유일한 도구다.

자기 고고학

사람들은 언제, 어디에서 새겨진 건지도 모르는 자기만의 각인을 지닌 채 살아간다. 유년의 좋은 기억들은 삶의 곤경에서 나를 구원하지만, 어떤 기억들은 평생 그 사람을 움츠러들게 하고 소심하게 하는 방해물이 된다. 그러나 '지금 내가 불행한 이유는 어릴 때 겪은 상처와 고통 때문이야'라는 말이 더는 통하지 않게 되는 때가 온다. 다 자란 어른의 몸을 하고 언제까지나 과거 탓만 하고 있을 순 없는 노릇이지 않은가. 게다가 성장 배경이나 가정환경과 무관하게 훌륭하게 살아가는 어른들이 우리 주변에는 얼마나 많은가.

사실 우리는 자신에 대해 잘 모른다. 타인들만큼이나, 나 역시 나에게 언제나 낯선 타인이다. 나는 누구인가? 이것이 우리가 사는 동안 평생 스스로에게 물어야 하는 질문이 아닐까? 나를 구원하거나, 혹은 나를 가로막는 것들, 그것들의 정체는 과연 무엇인가. 그래서 각자의 기억 속에 각인된 것들이 어떤 의미를 남겼는지 탐구해야 한다. 각인은 세월이 흐를수록 더욱 진해지고 두꺼워질 것이다. 그게 넘치는 사랑으로 새겨진 각인이라면 인생을 지탱할 튼튼한 자원일 것이다. 그러나 그 각인이 어린 시절 나도 모르는 사이에 생긴 흉터라면, 슬픔과 고통으로부터 비롯된 것이라면 그것을 잘 돌아볼 필요가 있다. 기억이 지닌 힘이 너무나 강력하기 때문이다. 각인의 영향력은 범위를 인생 전반으로 확장해간다.

우리는 우리 자신의 지질학자, 고고학자, 역사학자, 건축가, 관리자가 되어야 한다. 아픈 각인을 그대로 보존할 것인가? 아니면 개조 보수할 것인가? 과거의 기억은 내가 발굴을 마음먹기 전까지 고대 유물처럼 깊숙한 장소에 묻혀 있다. 내면 깊은 어딘가에 묵혀온 것이어서 누군가 먼저 삽을 들고 와서 발굴을 제안할 수 있는 영역도 아니다. 모르는 사이에 두껍게 층층이 쌓인 감정들이 있다. 퇴적되고 굳어져서 눌러봐도 딱딱하게 메말라 있다. 메마른 유적지에 다시 물을 주고 작은 삽이라도 갖다 대지 않는다면 감정들은 돌덩이처럼 굳어져 아마 나중에는 두드려볼 엄두조차 낼 수 없게 될 것이다.

어린 시절의 나를 떠올려본다. 나는 겉으로 볼 때 별 문제가 없었다. 어린이들은 대체로 명랑하다. 자신의 우울을 제대로 인식할 수 없기 때문이다. 아이들의 순수하고 맑은 눈동자를 액면 그대로 받아들여서는 곤란하다. 아직 그만한 사고와 언어를 획득하지 못한 탓에 표현할 수 없을 뿐이다. 인간은 누구나 자신만의 괴로움과 고난이 있기 마련이다. 신생아에게 푹 젖어버린 기저귀는 참을 수 없는 고통일 것이다. 아기는 자신의 고통을 제 손으로 해결할 수 없어서 누군가에게 온전히 의탁해야 한다는 존재의 무력감까지 감당한다. 태어난 지 며칠 되지 않은 인간이 느끼는 우울감 또한 만만치 않다는 생각이 든다. '네가 무슨 고민이 있겠니', '너는 참 좋겠다, 아무 걱정도 없어서'라는 말이 통용되는 사람은 세상에 존재하지 않는다. 나에게 아무것도 아닌 사소한 일이 누군가를 삶과 죽음의 기로에 서게 하는 강렬한 사건이 되기도 한다. 타인의 고통을 제 마음대로 별것 아닌 일로 치환하고 그만한 일도 견디지 못하는 변변찮은 인간이라는 딱지까지 붙여버린다. 모든 기준이 자신이어서 다른 사람들을 상상하지 못하는 자기중심적인 사람들 때문에 주변 사람들의 마음이 병든다.

"뭘 잘했다고 울어", "네가 양보를 해야지", "한 살이라도 많은 네가 참았어야지." 이런 말들은 분명히 마음 어딘가에 콕콕 박혔을 것이다. 감정을 다루지 못하고 그냥 눌러버리게 된다. 감정은 참고 견뎌야 하는 숙제가 되었다. 어른이 된 후에도 나는 자주 혼자서 토라졌다. 왜 기분이 나쁘고 화가 났는지, 왜 우울하고 꽁해 있는지, 입이 나와 있는지 말하지 않았다. 가끔은 나조차도 이유를 몰랐다. 그런 상태로 깊게 굴을 파고 들어가 혼자 짱돌처럼 처박혔다. 말해도 소용없을 거라는 체념, 이해받을 수 없을 거라는 슬픔 예감들만 키를 키웠다. '괜찮아'는 상처받지 않기 위해 스스로를 달래는 위로였다. 괜찮지 않으면 달리 방법이 없었다. 다른 사람에게, 나 자신에게 '괜찮다'고 말하는 이런저런 장면들을 떠올린다. 컷은 끝나지 않고 이어진다. 전혀 괜찮지 않았던 무수한 나를 떠올린다. '나는 소중한 존재'라는 감각을 잊어간다는 건 '다른 사람들도 모두 소중한 존재'라는 사실까지 함께 잊는 것이다. 자신을 방치하고 괴롭히고 미워하는 사람에게는 타인을 보듬을 여유가 없다. 긴장, 조급증, 짜증. 도망치려고 했던 모든 것이 이미 나에게 끈적하게 들러붙어 있었다.

언제 새겨졌는지 모를 우리 마음속의 각인을 관찰하고 그것이 새겨진 때와 장소를 판별한다. 기억을 모두 끌어와 가지런히 정리하고 글로 변환하는 과정에서 나는 훨씬 가벼워졌다. '나는 누구인가?' 이 질문이 시작되는 순간, 나는 과거의 기억을 처리하는 책임자가 된다. 우리는 비록 어느 집, 어느 부모 아래 태어날지 선택할 수 없었지만 '나는 누구인가?'라는 질문을 떠올릴 수 있는 나이가 되면 각자가 지닌 기억을 어떻게 다룰 것인지 진지하게 고민해야 하는 순간이 온다. 어린아이들은 죄가 없다. 그러나 자신의 과거를 성찰하지 않는 어른들에게는 잘못이 있다.

말은 언제나 실패한다

✳
✳
✳

어제 미용실에 염색을 하러 갔다. "초콜릿색이나 아니면 밤껍질 색깔이면 좋겠어요." 나는 헤어디자이너에게 내가 원하는 색을 명확하게 이야기하고 싶다. 우리는 언제나 미용실에서 소통의 실패를 경험하지 않는가. 디자이너는 "밤껍질 표현이 너무 좋네요"라고 호응해준다. 나는 이 상황이 즐겁다.

그러나 그와 내가 생각하는 밤껍질 색깔은 일백퍼센트 일치하지 않을 것이고, 또한 아무리 기를 쓰고 염색약을 배합한다고 할지라도 정확하게 염색약은 내가 원하는 밤껍질 색깔을 구현해내지 못한다. 심지어 밤껍질 색깔은 내가 원하는 머리카락의 색과

근접하게 유사할 뿐, 내 이상을 오차 없이 표현하는 색도 아닐 뿐
더러, 염색 후 결과물 또한 밤껍질 색은 아니었다. 그저 내가 원
하던 색감과 그럭저럭 엇비슷한 정도일 뿐이었다. 하지만 나는
그것이 미용실에서 우리가 할 수 있는 최선이었다고 믿는다.

예전에 양궁 국가대표 선수가 한 TV프로그램에서 이런 이야
기를 했다. 양궁은 날씨의 영향이 절대적인 야외 경기다. 그날의
습도, 온도, 바람, 온갖 기상 조건을 느끼며 활을 쏜다. 이들에게
가장 중요한 것은 '오조준'이다. 양궁은 무조건 엑스텐을 맞추는
게임이 아니다. 바람의 방향을 파악한 후 오조준한다. 오조준,
심사숙고하여, 잘 못 쏘아야 한다. 상황을 관찰하고 충분히 감각
한 뒤 빗겨 쏘아야 한다. 냅다 정중앙을 맞추려고 하면 안 된다.

나는 양궁의 오조준이 언어의 사용과 긴밀하게 호응하고 있
다고 생각한다. 상황에 맞게 오조준하는 언어. 내 생각은 언어
로 변환되면서 본래의 진정을 잃어버린다. 생각이 언어로 바뀌
는 과정에서 일부가 변형되고, 또 일부는 소실되고, 가끔은 이물
질이 들러붙어서 본래보다 축소되거나 과장되거나, 가끔은 완
전히 왜곡되기도 한다. 내 진정은 결코 언어를 통해서 전달될 수
없다.

몇 년 전부터 줄곧 어른의 지표란 그의 생각, 심정을 최대한 본
질에 근접하게 말로 할 줄 아는 능력이라고 믿고 있다. 지금도

변함없다. 걱정을 비난과 지탄으로 표현하거나, 사랑을 증오로 표현하는 사람들을 알고 있다. 양궁에 비교하자면 그건 상황을 고려한 심사숙고의 오조준이 아니라, 그냥 잘 못 쏜 화살이다. 과녁 밖으로 튀어 나가버린 화살이다. 아직 말하기는 벅차다고 느낀다. 혀는 뇌보다 발이 빠르다. 무신경한 말을 내뱉고 놀라는 경우가 잦다.

　말하기란, 또한 글쓰기도 마찬가지로, 언어란 언제나 실책과 착오의 산물이다. 내 생각을 타인에게 언어로 전달하기란 매번 실패하는 노력이다. 그러나 그게 최선이다. 나는 그런 의미에서 글쓰기가(또는 잘 말하려는 시도가) 실패할 줄 알면서도 최선을 다하는 노력의 일환이라는 생각이 든다. 내 마음과 가장 근접한 단어를 고르고 문장을 구성하는 방식을 고민하는 것. 이는 '나'를 위한 노력이기도 하고, 그것을 읽거나 듣는 '누군가'를 위한 노력이기도 하다. 결국 실패하겠지만. 그런 뜻에서 실패는 실로 고귀한 행동 양식이다.

어긋나는 아빠와 딸

*
*
*

스무 살이 되면 웬만한 주변 친구들은 남자친구를 만나 잘도 사랑하고 잘도 이별했다. 하지만 나는 도통 좋아하는 사람이 생기지 않았고, 좋아하는 사람이 생겨도 표현을 하지 못했다. 누군가를 좋아하면 오히려 티 내지 않기 위해 필사적으로 노력했다. 상대가 다가오면 관심 없는 척 냉랭해지거나 아예 숨어버렸다. '왜 날 좋아하지?'라고 생각했다. 자신을 사랑하지 못하는 사람들은 먼저 타인의 호감을 의심한다. 누군가 호감을 느낄 만큼 스스로 매력적인 사람이 아니라고 믿기 때문이다. 더 예쁘고 잘난 애들이 얼마든지 많았다. 굳이 나에게 호감을 보이는 이유가 무엇일까. 아마 진지한 마음은 아닐 것이다. 가볍게 던져보는 장난스러운 표현일 것이다. 그런 가벼움에 진심으로 응대하는 건 어리석은 일 같았다. '쿨'해져야 했다. 마음을 낭비하기 싫었다. 달리 말하면 상처받고 싶지 않았다.

나는 걸음마를 배울 때 내가 수십, 수백 번 넘어졌다는 사실을 잊어버렸다. 걷는 게 두려워 주저앉은 어른이 되었다. 누군가로부터 상처받았을 때 치유하고 딛고 일어설 용기나 힘이 나에게 없었다. 20대에는 '세상이 날 거부하고 있다'는 믿음이 나를 지배했다. 모든 가능성은 막혀버린 듯했고, 만회하려는 노력도 먹혀들지 않았다. 그런 상황이니 나를 타인에게 있는 힘껏 드러내야 하는 연애라는 영역은 나에게는 닫힌 문이었다.

아빠가 친구 딸 결혼식에 다녀온 참이었다. 기분 좋게 취해 귀가했다. 나는 거실에서 TV를 보고 있었고 술 취한 아빠가 걸어오는 대화를 피하려고 슬금슬금 일어날 준비를 했다. 아빠는 부러웠던 것 같다. 딸이 시집을 가서 사위가 생기고 장인어른이 된 친구가. "참 부럽더라. 나도 참 언제 그런 자리에 있으면 좋았겠다 싶고." 그런 식의 이야기였다. 비슷한 이야기가 몇 번이고 반복됐다. 술 취한 아빠와의 대화가 고역인 이유다. 한 이야기를 또 하고, 또 하고. 조용히 방으로 들어가려는데 별안간 신경질이 났다. "엄마, 아빠를 보고 살았더니 결혼 같은 건 하고 싶지 않아.

나한테 그런 거 바라지 마."

　결혼은커녕 연애도 못 하는 마당에, 어릴 때부터 우리가 보는 앞에서 지겹게 싸워놓고는. 갑작스러운 나의 맹공에 아빠는 폭발했다. 이 계집애가 어디서 큰소리냐며 일어나 나에게 다가와 손을 올렸다. 방에 있던 엄마가 그 순간 뛰쳐나왔고 아빠를 말렸다. "들어가, 얼른 들어가." 다급한 엄마의 말에 나는 방으로 피신했다. 며칠 뒤였던 것 같다. 엄마가 아빠와 나를 식탁으로 불렀다. 아빠는 미안하다고 했다. 나는 울기만 했다. 설명하기 어렵지만, 미안하다는 말 어디에도 미안함이 없었다. 엄마는 나에게 맺힌 게 있으면 다 말하라고 했지만, 엄마의 그 말도 나에게는 강압적인 다그침일 뿐이었다. 아무것도 말할 수 없었다. 정말 숨이 넘어갈 것처럼 내내 울면서 앉아만 있었다. 진심으로 미안함을 전달하는 것, 사과를 받아들이는 것, 대화로 갈등을 풀어내는 것은 얼마나 어려운 일인가. 이상적인 문제 해결 방법이 통하지 않는 상황에 황망함을 느꼈다. 우리집은 먼 우주 다른 행성에 존재하는 것 같았다. 나는 집에 살면서도 집을 외계 행성처럼 여겼다.

　고등학교를 다닐 때였는데, 밤 열한 시가 다된 시각이었다. 살금살금 부엌으로 나와 라면을 끓여서, 거실에서 심야 예능 프로그램을 보며 꿀맛 같은 야식을 즐기던 참이었다. 마침 그때 아빠가 느지막이 귀가했는데, 라면을 먹던 나를 보더니 버럭 화를 냈다. 사람이 들어왔는데 본체만체도 않는다는 것이었다. 반 이상 남은 라면을 두고 울면서 내 방으로 들어갔다. 자고 일어나면 잊힐 기억 한 조각일 수도 있지만, 나는 이런 장면을 계속해서 재생하고 되짚는 부류였다. 그러니 그 뒤로는 늦은 밤 거실이 나에게는 선호되지 않는 집 안의 어떤 장소가 되었다.

회사를 다니면서 유난히 고단했던 날이면 집에 와서 엄마에게 이유 없이 짜증을 부리거나 동생들이 말이라도 걸면 잔뜩 날이 서 퉁명스럽게 받아쳤던 날도 있다. 아빠도 그런 날이 있었을 것이다. 퇴근 후 집에 들어오면 거실에 모여 있던 자식들이 바퀴벌레처럼 각자의 방으로 흩어진다며 씁쓸함을 토로하는 중년남성들의 허탈한 목소리가 익숙하게 재생된다. 거실을 떠나는 아이들에게도 그럴 만한 이유가 있었다. 나 역시 나이를 먹으면서 갈팡질팡했다. 그때 아빠가 그럴 수밖에 없었던 이유들을 상상했고, 결국 어떤 부분들은 이해하게 되었다. 그렇다고 해서 어린 시절 기억들이 한순간 삭제되어 하드에서 말끔히 사라지는 파일 같지는 않다. 우리는 이해와 원망 사이를 부단히 오간다.

나는 더는 늦은 밤에 부엌으로 가 라면을 끓여 먹거나 거실에서 TV를 보지 않았다. 아빠가 귀가했을 때 만나는 건 텅 비어버린 거실뿐이었다. 그럴 때면 아빠는 조심스럽게 내 방문을 열고 잠깐 나와보라고 하곤 했다. 나는 졸린 티를 잔뜩 내면서 억지로

의자에 앉았다. 아빠는 술을 마시고 집에 들어오면 하고 싶은 이야기가 많았고, 누군가 그 이야기를 들어주기를 바랐다. 그러나 마땅히 이야기할 곳도 귀기울여 들어줄 사람도 없었다. 아빠가 이럴 때 하는 이야기는 매번 비슷하다. 네 살 때 엄마가 돌아가셨고, 어릴 때 서울에 와서 무진 고생을 했고, 기술을 배워 여기까지 왔다, 나는 강한 사람이다. 어느 순간부터 나는 이것이 아빠가 누군가 들으라고 하는 말이라기보다는, 자기 자신에게 거는 일종의 주문이라는 생각을 했다. 그토록 고된 시간을 이겨온 만큼 나는 강하다는, 스스로에게 거는 주문 말이다.

내가 태어난 성남의 어느 집에는 스물일곱의 동갑내기 부부가 살았는데, 무더운 여름날 휴일에 남자는 (그의 말을 그대로 옮겨보면) "커다란 고무 다라이"에 물을 채우고 어린 딸의 물놀이를 지켜보았다. 아기는 자꾸 밖으로 빠져나와 어디론가 기어가고, 남자는 아기를 다시 끌어다 놓고, 이 놀이는 계속 반복되었다. 나는 이 이야기를 아주 여러 번 들었는데, 그때마다 아빠는 너무나도 즐거운 얼굴이 된다. 예순을 바라보는 남자는 그때마다 스물일곱이 된다. 나는 기억하지 못하는 한 살, 두 살 무렵 보았던 젊은 아빠의 즐거운 얼굴이 내 영혼 어딘가에 새겨져 있기 때문에 나는 그 시절의 아빠를 평생 그리워해야만 하는 것이 아닐까.

우리는 서로의 행복을 바라면서도

✳
✳
✳

'인사를 참 잘하는구나', '책을 아나운서처럼 읽는구나', '너는 원래 앞에 나와서 말하는 걸 잘하니까 그것도 해보렴', '방송반 활동을 하는 걸 보니 꼭 수습기자 같네?' 물론 이때는 '수습기자' 가 뭐 하는 사람인지도 몰랐지만 말이다. 스무살 때 아무런 고민 없이 신문방송학과를 택했고 줄곧 기자가 되길 바랐다. 아직도 뇌리에 남은 초등학교 시절 선생님들의 지나가는 칭찬 한마디 가 내가 오늘날까지 독서를 좋아하고, 글쓰기를 좋아하게 만든 유일한 동력이다.

아빠는 나의 글쓰기에 별다른 관심이 없었다. 자식의 교육이나 흥미, 적성 같은 건 아빠에게 별로 중요한 문제가 아니었던 것 같다. 아빠는 나중에 나의 대학원 입학에도 회의적이었다. 배우지 않고도 직접 몸으로 부딪쳐 많은 걸 이뤄낸 아빠는 배움에 대한 나의 열망을 딴 나라 이야기처럼 받아들였다. 아빠 입장에서 보자면 나는 굳이 하지 않아도 될 일, 중요하지 않은 것에 너무 많은 자원과 열정을 쏟아붓는 중이었다. 아빠와 내가 생각하는 '배움'에 대한 인상에는 마치 각자 장미꽃과 코끼리를 떠올리는 수준의 좁힐 수 없는 격차가 존재했다. 아빠와 나는 다른 행성에 찍힌 두 개의 좌표 같았다.

얼마간은 단념했다. 대화를, 그것의 시도를. 아빠와 나는 한집에 줄곧 같이 살았지만 각자 수십 년의 상이한 경험치가 쌓여버린 개인과 개인이었다. 하지만 어찌된 영문인지 아빠를 미워하면서도 나는 늘 아빠의 자랑스러운 딸이 되고 싶었다. 어쩌면 누구보다 나는 아빠의 인정과 칭찬이 필요했는지도 모르겠다. 그때 깨달았다. 내가 좋아하는 것을 아빠가 좋아하고, 나의 자랑이 곧 아빠의 기쁨이 되어야만 한다는, 나의 이기심과 강박을. 나는 내가 사랑받길 원하는 방식으로 엄마, 아빠가 나를 사랑해주기를 강요하고 있었던 셈이다.

엄마, 아빠의 삶에서 공통적으로 이들을 가장 고통스럽게 한 건 가난이었다. 두 사람은 지긋지긋한 가난에서 벗어나려고 악착같이 일했고, 자식들에게만큼은 절대 그 가난을 물려주지 않으려 했다. 가끔은 그것이 두 사람 인생의 유일한 목표가 아닐까 하는 생각이 들 정도다. 아빠는 아빠가 일궈놓은 공장에 자식들이 힘을 보태주었으면 좋겠다고 생각하는 것 같다. 자신이 기반을 닦아놓았으니, 여기에서 한결 편안하게 일을 하며 살아갔으면 좋겠다는 마음. 자신처럼 아무것도 없는 맨땅에서 고난과 괴로움을 겪지 않기를 바라는 마음일 테다.

종종 나는 내가 하고 싶은 일을 존중하지 않는 아빠에게 서운함을 느낀다. 아빠가 바라는 대로 자식들이 살아줄 수는 없는 것 아닌가. 부모가 자신의 일에 몰두하는 만큼이나, 자식들도 각자의 뜻이 있는 길이 있지 않은가. "아빠가 대신 살아줄 것도 아니면서!"라는 말을 종종 했다. 내 인생인데, 왜 아빠가 생각하는 삶의 조건들을 끼워 넣으려고 하는 것인지, 나는 그런 것들이 불만스러웠다.

아마도 아빠는 아빠 나름의 방식대로 자식들에게 행복한 삶을 물려주고 싶었던 것 같다. 결혼에 관해서도 마찬가지다. 아빠의 마지막 숙원사업은 나의 결혼인 것 같다. 정체를 알 수 없는 남자들을 이야기하며 당장 만나보라고 독촉하는 아빠에게 나는 여러 번 질렸다. 내 입장에서는 그게 그렇게 고역일 수 없었다. 연애나 결혼은 내 삶의 행복과는 무관한 일이라고 생각한다. 누군가와 삶을 함께하기로 약속하는 건 일단 내가 온전히 나 자체로 행복감을 느낄 때나 가능한 다른 차원의 일인 것 같기 때문이다. 그러나 아빠의 독촉은 아빠가 생각하는 행복을 나에게도 주고 싶기 때문이리라. 좋은 사람을 만나 알콩달콩 살며 자식도 낳는 그런 삶이 아빠에게는 인간이 누릴 수 있는 행복이고, 그 행복을 내가 누렸으면 하는 것이다. 막무가내인 아빠의 밀어붙임에 화를 내서 서로 감정이 상하기도 했지만 이제는 안다. 아빠와 내가 각자 내리는 행복의 정의가 다를 뿐, 결론적으로 우리 모두는 서로의 행복을 바라고 있다는 것을.

첫사랑은 이루어지지 않는다잖아

＊
＊
＊

　나도 나를 모르는 상태에서 시작하는 연애는 상대방에게 최악
의 경험을 선사한다. 내가 누군지 잘 모른다. 내 감정과 상태에
별다른 관심이 없다. 그런 상태에서 나는 누구를 사랑할 수 있었
을까? 연애를 하면 사람들은 아기가 되어버린다. 성장하지 못한
채 연애를 하면 연인에게서 엄마, 아빠를 찾는다. 어린 시절 이
해받지 못한 것들을 모두 이해받으려는 탐욕스러운 아기가 싱
그러운 젊음 뒤에 숨어 있다. 가끔은 스스로 부모를 자처하기도
한다. '나는 너를 무조건적으로 사랑하는 유일한 사람이야.' 그러
나 부모 역할극 놀이는 오래하고 싶지 않다. 아무것도 모르는 때

쟁이 아기 역할은 유쾌하다. 일거수일투족에 관심을 보이면서 조금이라도 심기가 불편해질라치면 쩔쩔매기 시작한다. 환심을 사기 위해 동분서주하는 타인을 바라보는 것은 얼마나 짜릿한 일인가. '너는 나를 무조건적으로 사랑해주어야 해. 내가 어떤 말과 행동을 하더라도, 모두 이해해주어야 해. 맞지?' 둘 다 아기 역할만 맡으려고 할 때, 그래서 무대 위에 어떤 부모도, 어른도 남아 있지 않을 때 연극은 속절없이 마무리된다. 연애의 끝은 대개 이런 식이었다.

서운해질 때면 얼굴을 굳히거나 차가운 말투가 되었다. 왜 서운한지 말하지 않는다. 선택한 도구가 달랐을 뿐 막무가내로 울어대는 신생아와 다를 바 없었다. 왜 우는지 이유를 몰라 이것저것 조치를 취해보거나, 어르고 달래 안정시켜주어야 한다. 그걸 연인의 몫으로 돌린다. 말로는 괜찮다고 한다. 그러나 괜찮지 않다. '내가 말하지 않아도 너는 다 알아줘.' 상대가 기적을 행하기를 바란다. 모두가 읽고 쓸 줄은 알지만, 사람들은 자신의 솔직한 감정을 표현하는 데 심각하게 서툴다. 표현하기에 앞서, 자신이 어떤 감정을 느끼고 있는지도 파악하지 못한다. 설령 안다고 하더라도 그걸 말로 하기를 꺼린다. 속 좁고 추잡한 자신을 드러내기가 싫은 것이다. 자기 그릇의 크기가 간장종지만 하다는 걸 인정하고 싶지 않다. 감정을 알아채는 능력도 없거니와, 자기감정을 있는 그대로 수용할 용기도 없다. 자신의 잘못을 인정하지 못할 때 사람들은 화를 낸다. 화는 자신을 수용하지 못하는 사람들의 전매특허다. 누군가 진심으로 조언이나 충고를 했을 때 어느 부분은 인정하면서도 무시하려는 마음이 앞선다. 자신의 과오로 무거워진 마음을 가뿐하게 만들기 위한 가장 간편한 방법은 내가 아니라 '네가 틀렸다'고 생각해버리는 것이다.

독립적이고 자유로운 인간. 나는 내가 그러한 인간인 줄로 착각했다. 막상 연애에 돌입하자 나에 대해서는 아무것도 아는 것이 없어 상대방이라는 거울이 없으면 안 되는 완벽하게 의존적인 사람이었다. 관계에는 내가 없었다. 나보다는 상대가 세계의 기준이 되었기 때문에 매일 롤러코스터를 탔다. 모든 행불행이 상대방의 작은 말과 행동 하나하나에 애처롭게 매달려 있었다. 기쁠 때에는 이렇게 좋아도 괜찮을까 싶을 정도로 기뻤지만, 수가 틀리면 나락으로 곤두박질쳤다. 타인의 시선이 전부였다. 잘 보이려는 마음이 앞섰다. 내가 보는 나야 어떻든 상관없다는 식이었다. 나는 삶의 주인이 아니었다. 그건 애인이거나, 선생님, 교수님, 상사, 친한 친구, 엄마, 아빠였다. 그들의 반응과 평가에 기쁨과 슬픔을 모두 맡겨둔 채 나는 나를 잃어버렸다.

결혼식 날짜를 잡고 예식장 가계약을 마쳤다. 그로부터 3일 후 헤어졌다. 엄마, 아빠에게 사실을 알렸다. 둘은 놀란 것 같았지만 분위기는 곧 누그러졌다. 아빠는 허허 웃었고, 엄마는 괜찮다고, 아니 오히려 잘했다고 말했다. 지금 무슨 일을 겪고 있는지, 어떤 선택을 저지른 건지 확신이 서지 않았다. 불안하고 혼란스럽고, 곧 세상이 끝날 것 같았다. 그래서 난 1초라도 빨리 엄마, 아빠를 찾아가 모든 걸 말하고 내가 한 결정에 정당성을 찾고 싶었던 것 같다. 그런 것쯤은 별것 아니라는, 살다 보면 다 있는 일이라는 안도감이 찾아왔다. 심각해질 필요도 없고 대수로운 일도 아니었다.

아홉 살 때였던 것 같다. 현관문을 여닫는 틈 사이에 손가락이 끼었다. 두 번째 손가락 손톱이 들릴 정도로 세게 찧고 말았다. 데굴데굴 구르면서 악을 쓰고 울었던 것 같다. 엄마가 처치를 해주었지만 놀란 마음이 가라앉지 않아서 방에 누워서 엉엉 울고 있는데 마침 아빠가 들어왔다. 왜 그러냐고 묻는 아빠에게 손가락을 찧었다고 하면서 또 엉엉 우는데 아빠가 웃었다. 집에 오니 이불을 둘둘 끌어안고 서럽게 우는 딸을 보자 어이가 없기도 하고 우스웠던 것 같다. 아빠는 분명 웃었다. 아파 죽겠는데 웃는 아빠가 순간 원망스러웠지만 이상하게도 울음이 잦아들었다. 가만히 생각해보니 악을 쓰고 울 만큼 아픈 것 같지는 않았다. 겁에 질려 있을 때, 극한의 상황에 내몰렸다는 느낌이 들 때, 아무렇지 않다는 듯 편안한 엄마, 아빠의 표정이나 웃음기 섞인 말투가 주는 마법 같은 효과가 있다. 그렇게까지 걱정할 일이 아니라는, 별일 아니라는 다행과 안도. 그건 어쩐지 달려와서 호들갑을 떨며 심각해지는 것보다 훨씬 탁월한 처방이었다는 생각이 든다. 그게 우리집의 스타일이었다.

엄마, 아빠는 자식들에게 있어 완전한 방임을 추구했다. 양육이나 교육에 관한 뚜렷한 신념 같은 게 있었다기보다는, 일이 바빴다. 아이들은 별 문제 없이 자라났다. 나는 집에서 상처받고, 또 저절로 치유했다. 섬세하지 못하고 간혹 매정한 반응에 시무룩해지긴 했지만, 어쨌든 우리가 돌아갈 곳은 여전히 집이었고, 거기에는 우리를 믿어주는 엄마, 아빠가 있었다. 방임할 수 있다는 건 어쨌든 믿고 있다는 얘기다. 공부도, 친구도, 외출도, 나름의 모험도 꼬치꼬치 캐묻거나 지나치게 관여하지 않았다. 혹여 가끔 문제를 일으켜도 집요하게 잘못을 추궁하지 않았다. 따끔하게 한번 혼나면 다음부터는 반복하지 않았다. 위험하다, 안 된다, 가지 마라, 하지 않았다. 사사건건 관여하고 엄격한 부모님을 둔 친구들은 오히려 억눌린 욕망을 분출하느라 집에 거짓말을 하거나 부모님을 속이는 일이 잦았다. 그러면 부모님은 거짓말에 대한 분노와 배신감으로 오히려 친구들을 더욱 가혹하게 옥죄었다. 우리집에서는 일어나지 않은 갈등 구조다.

알고 있었다. 엄마, 아빠는 나를 믿는다. 나중에 엄마가 말했다.

거짓말하는 것 같아도 그냥 믿어야지 어쩔 수 없다고. 부모가 자식을 믿어야 그 믿음을 실망시키지 않으려는 마음이 자식에게도 생긴다는 것이었다. 엇나가지 않고 잘하려고 한다고 말이다. 그 말은 정말 맞다. 부모님의 신뢰는 나를 단단하게 해주는 자양분이었다. 나의 선택을, 엄마, 아빠도 지지할 것이다. 나는 든든한 뒷배가 있다. 안심하고 내 갈 길을 가면 그만이었다.

하지만 이별은 그렇게 간단한 문제가 아니었다. 하룻밤이 지났을 때 나는 전날의 냉정과 단호를 잊고 흔들리고 있었다. 돌연한 헤어짐에 대해 아침밥을 먹으며 부엌에서 엄마, 아빠와 이런저런 이야기를 나눴다. 태연하게 아무렇지 않은 척했다. 그리고 다시 내 방으로 들어왔다. 그러고 나서 잠시 후에 엄마가 내 방으로 왔다. 그리고 다짜고짜 엄마는 자신의 연애사를 꺼내놓았다. 태어나서 처음 듣는 이야기였다.

만나던 사람을 집으로 데려갔다. 집에서는 엄마가 결혼할 남자를 데리고 왔으니, 모두 모여 인사를 하고 밥을 먹었다. 그런데 다음 날 그 남자는 전화를 받지 않았다. 회사 전화로 아무리 연락을 해도 도통 받지 않는 것이었다. "막상 집에 와보니까 너무 가난한 거지. 다 늙은 노인네들이고." 아주 어릴 때 갔던 외갓집을 떠올려봤다. 공주 쌍달리, 개울이 흐르는 소리가 들리고 여기저기 논밭이다. 길가엔 산딸기가 맺혀서 하나씩 똑똑 따먹었

다. 보수공사를 하기 전에는 말 그대로 전래동화책에서 보던 초
가지붕에 나무로 지은 시골집이었다. 엄마에겐 유년시절 형제
들과 옹기종기 모여 살던 소중한 보금자리였을 터, 다만 좋아했
던 남자에겐 그저 누추하고 남루한 집이었나보다. 나의 핏줄과
모든 세간살이, 어찌 보면 자신의 가장 내밀한 부분을 가감없이
보여주었건만, 그 사람은 그걸 이유로 하루아침에 없는 사람이
되었다. 엄마는 그날 소주 한 병을 마시고 밤새도록 엉엉 울다가
딱 마음을 접었다고 했다. "그러고 나서 이 사람, 저 사람 중신을
해줘서 만나봤지만 다 마음에 안 차. 그러다가 나중에 아빠를 만
났는데, 이 사람은 순하고 착해. 집에 데려갔는데 다른 말도 없
고 그 뒤로도 한결같더라고." 아빠를 집에 소개시켜주는 날, 같
이 택시를 탔는데 하필이면 지난번 소개시킨 사람을 태웠던 차
를 똑같이 탔던 것이다. 택시 기사가 "지난 번 그 사람이 아닌 것
같은데"라며 눈치 없이 알은체를 했고 엄마는 "아니긴 뭐가 아
니야" 쏘아붙이고는 모른 체를 했다.

"원래 첫사랑은 이루어지는 게 아니라고 하잖아."

울음이 터졌다. 헤어지고 돌아오는 길부터 한 번도 울지 않았
다. 운다고 해결되는 일이 아니어서, 그냥 참았다. 그런데 엄마
가 하는 이야기를 듣고 어릴 때처럼 '으앙' 하고 서럽게 울어버
렸다. 스물여섯 엄마가 그려졌다. 부푼 마음을 안고 집에 인사를

시켰는데 종적을 감춰버린 남자에게 받았을 엄마의 상처가 나에게 옮겨붙은 것 같았다. 수없이 전화를 걸었을 엄마, 뭔가 이유가 있겠지 하며 기다렸을 엄마, 그러다 일부러 받지 않는다는 걸 깨닫고 혼자 남겨졌다는 생각에 외로워졌을 엄마, 평소에 마시지 않던 소주를 들이키고 엉엉 울다가 잠들었을 엄마, 다음 날 아무렇지 않게 다시 하루를 시작했을 엄마. 스물여섯 엄마의 젊은 날이 눈앞에 펼쳐졌다.

이별 후엔 언제나 자신을 탓하게 된다. 누군가가 떠나버린 나, 혼자 남은 나. 나도 덩달아 나를 흉보기 시작한다. 그때 내가 그렇게 말하면 안 되는 거였지. 너무 이기적이었어. 내가 조금만 더 노력했다면. 내가 좀 더 예쁘고 날씬했다면. 내면도 외면도 어느 것 하나 제대로 된 것 없이 부족하고 못났다. 내가 너무 못나서 결국 이렇게 되어버린 거겠지. 그런데, 엄마 이야기를 듣고 나니 엄마가 잘못한 건 아무것도 없었다. 집에 왔다가 그날로 연락을 끊어버린 사람, 그 사람의 인격이 문제였다. 한바탕 울고 나서 나는 일상으로 돌아갈 수 있었다. 엄마의 옛날이야기는 미래에 딸이 겪을 이별의 고통을 한 번에 낫게 할 만병통치약이 되어 있었다.

4장

누구나 부모는 처음이라서

너는 또 다른 나

*
* *
*

　아빠 공장에서 회계 업무를 맡아보기로 했다. 번듯한 직장에 붙어 있지 못하고 방황하는 나를 엄마는 너무나 안타까워했다. 그러나 언제까지고 시간을 죽이고 있을 수만은 없었다. 결국 서로가 울며 겨자 먹기로 그런 선택을 한 것이다. 엄마는 줄곧 내가 더 나은 곳에서 더 대단한 일을 하기를 바랐지만 나는 그 기대에 부응하지 못한 셈이었다. 아빠는 오히려 좋아했다. 주변에 자식들과 함께 일하는 다른 친구들의 이야기를 늘 했던 아빠는 내가 회사에서 자리를 잡고 이런저런 보탬이 되기를 바랐다. 하지만 나는 숫자와는 거리가 먼 사람이었다. 매일 원 단위까지 세어가며 회계 장부를 관리하는 일은 아무런 보람도 없고 재미도 없었다. 그래서 결국 대학원 진학을 택했다. 아빠를 돕는 일은 공부를 하면서도 충분히 병행할 수 있다고 생각했다.

하지만 공부에 점점 흥미를 붙일수록 일은 뒷전이었고 종종 실수를 했다. 한번은 무려 600만 원을 같은 계좌에 중복 입금했다. 다행히 이번에는 돈을 받은 쪽에서 먼저 연락을 해왔다. 입금이 잘못된 것 같다면서 말이다. 나는 다행이라고 생각했다. 그러나 엄마, 아빠의 생각은 달랐다. 엄마는 지금 네 나이가 몇 살인데, 좋은 일자리는 구하지도 못하고, 글 쓰는 게 돈 되는 일도 아니고, 정신을 어디에다 팔고 다니느냐고 말했다. 틀린 말이 하나도 없이 구구절절 '팩트'였다.

나는 나대로 내 삶을 살고 있고, 하고 싶은 일만 하며 살 수는 없다는 진실을 받아들이고 내 적성이 아닌 일에도 나름의 에너지를 투자하고 있지만, 엄마, 아빠의 생각은 다르다. 엄마, 아빠가 보기에 공부하는 것은 '일'이 아니므로, 그래서 둘은 내가 아무것도 하지 않으면서 제 할 일은 뒷전인 상태라고 생각하는 것 같다.

나는 이제 타인이 나를 어떻게 생각하는지는 전혀 중요하지 않다. 그들은 나를 모른다. 그러니 나에 대한 그들의 평가는 뭘 잘 모르고 하는 말이다. 따라서 좋은 평가든 나쁜 평가든 나에게 영향을 미치지 못한다. 그러나 부모는 다르다. 신기한 건 나는 훌쩍 자란 지금까지 어쨌거나 엄마, 아빠의 인정을 너무나 필요로 한다는 사실이다.

　나이 많고, 직업도 없고, 그런데 하려는 일은 전혀 돈도 안 되고, 정신 빠진. 화살을 너무 많이 맞았다. 곱씹지 않으려는 노력이 수포로 돌아간다. 엄마는 나의 3년 전 실수, 작년에 한 실수까지 모두 총동원했다. 그리고 '내 삶 전체를 끌어내렸'고 나는 생각했다. "왜 나를 깔아 뭉개는 거냐!" 나도 지지 않고 발악했다. 가장 좋지 않은 인간 커뮤니케이션의 케이스. 우리집의 대화 방식은 그 대표적 사례다.

　실수할 수도 있다면서, 다음부터 잘하라며 다독일 수도 있는 상황이 아닌가? 실수를 저지르고 누구보다 패닉에 빠지는 건 그 당사자가 아닌가. 그러나 엄마, 아빠가 내 실수를 지적하는 방식은 차라리 남에게 듣는다면 모를까, 어떻게 가족이 이렇게까지 나를 몰아붙일 수 있나라는 생각이 들 정도였다. 그렇게 일 처리를 하면 남이 어떻게 생각하겠냐, 창피스럽지도 않느냐, 망신스럽지 않느냐, 온갖 질타가 쏟아졌다. 그런데 지금 생각해보니 그런 말은 정말 가족이기 때문에 가능한 말들이었다. 나중에 내가 깨달은 것은 엄마, 아빠는 나의 실수를 마치 자신들의 실수인 양 받아들이고 있었다는 것이다. 어쩌면 정말 내가 남이라면 엄마,

아빠는 그렇게까지 날 질타하지 않았을 것이다. 실제로 "부모 얼굴에 먹칠을 한다"는 말은 자식의 얼굴이 곧 내 얼굴이라는, 부모들이 자신을 자기 자식과 극단적으로 동일시하기 때문에 존재하는 대표적인 말 중 하나다. 엄마가 나를 향해 쏜 화살들이 어쩌면 자신을 향하는 화살은 아니었을까도 싶다. 나는 또 다른 제2의 엄마여서, 나이는 먹어가면서 결혼도 못(안) 하고 이렇다 할 직장도 없는 내가 엄마에게는 너무 안타까운 자신이었던 셈이다.

그러나 나는 엄마, 아빠와는 완전히 동떨어진 전혀 다른 인격체다. 엄마, 아빠가 나를 낳아준 것은 맞다. 어느 정도는 그들의 일부를 내가 빌려서 사람으로 태어난 것도 맞다. 하지만 어쨌든 세상 밖으로 나오던 그 순간 이미 나는 그들과 분리된 타인이다.

나는 이것이 매우 건방진 생각이라는 걸 알면서 쓴다. 우리가 가족이면서 동시에 분리된 타인이라는 사실을 어쩌면 내가 우리 엄마, 아빠보다 조금 더 일찍 깨달은 건 아닐까. 엄마, 아빠는 그들 각자의 삶을 소유한 나와는 다른 우주다. 낯설고 먼 세계. 부모라는 낯선 타인을 그래서 난 오해할 수밖에 없었다. 무한한 사랑을 주더라도 나는 그것을 미움으로 받아들이곤 했다. 아주 오랜 시간이 흐르고 나서야 내가 무언가 착각하고 오해했다는 생각이 들었을 때, 나는 그들의 말과 행동을 내 세계의 법칙대로 이해하는 대신, 그들이 살았을 세계를 떠올리며 이해해보려고 했다. 그제야 엄마, 아빠가 내 부모만이 아닌 어떤 남자와 여자로, 나와 같지는 않지만 제법 비슷한 세계를 사는 하나의 인격체로 다가왔다.

괴테는 부모가 자식에게 주어야 할 것을 뿌리와 날개라고 일러주었다. 내 뿌리는 너무나 명확하다. 나의 기억과 부모님의 기억을 추적해나가면서 나는 그 뿌리에 어느 정도 가 닿은 기분이다. 그렇다면 날개는? 나는 가끔 부모님이 나에게 날개를 선물해주기를 망설이는 건 아닐까 생각한다. 아니, 어쩌면 그들이 날개를 달아주려 할 때 내가 먼저 두려워 숨어버린 건지도 모른다. 나는 엄마, 아빠에게 튼튼한 날개를 선물 받을 수 있길 바란다. 나 역시 그 날개를 기쁘게 받을 수 있길 바란다.

자체 필터링 시스템

*
**
***

"전동킥보드를 사볼까?" 내가 말을 꺼내자마자 아빠가 제일 먼저 한 말은 "너는 운동신경이 없어서 안 된다"였다. 그건 물론 "전동킥보드는 위험하니 타지 말아라"라는 염려의 말이었다. 부모님이 내뱉는 말에는 표면상의 말과, 그 말에 내포된 함의가 따로 있다. 30년 넘게 살다 보니 알겠다. 그들이 '정말로 하는 말'이 무엇인지 이리저리 따져봐야 한다. 불과 몇 년 전까지만 해도 나는 엄마, 아빠가 하는 말을 액면 그대로 받아들였다. "그걸 네가 무슨 수로 한다고 그래", "너는 안 돼", "그런 건 아무나 하는 게 아니야." 아직 너는 안 된다고 말하는가 하면, 아예 반대로 "다 커서 아직도 그러니", "아직 그런 것도 제대로 몰라?"라면서 갑자기 어른답지 못하다는 질책을 받는다. 그들은 나를 가장 잘 안다고 믿고 있는 사람들이었고, 그 권위에 힘입어 이런저런 판결을 내리는 대법관이었다. 나는 내 앞에 열린 가능성의 문이 하나씩 닫히는 장면을 보거나, 모자라고 덜 떨어진 사람이 되어버렸다.

엄마, 아빠가 한 말들을 곱씹어본다. 그런 말들이 걱정과 염려와 사랑에서 기인했다는 사실을 짐작할 만큼 나이를 먹었지만, 여전히 그런 말들은 분명히 쉽게 회복되지 않을 상흔으로 남아 있다. 어릴 때에는 반복되는 부정의 말들을 아무런 보호장비 없이 맨몸으로 받아내는 수밖에 없다. 의식하지 못했지만, 그런 말들을 부정하지 못하고 수긍하기도 했다. 그리고 스스로 한계를 설정했다. 특별히 끈기가 대단한 것도 아니고 배짱이 두둑한 편도 아닌데 내가 과연 할 수 있을까? 해보기도 전해 섣불리 결단을 내렸다.

몸속에 특정 영양소가 결핍된 것처럼, 나는 항상 칭찬과 격려의 말에 부족함을 느꼈던 것 같다. 타인의 인정을 원하는 것은 누구나 비슷한 일이겠지만, 나는 집에서 충족되지 않는 인정욕구를 학교에서, 사회에서 남들보다 더 애타게 찾아 헤맸다. 타박하고 평가절하하는 자존감을 해치는 말들, '나는 절대 다른 사람에게 그러지 않으마,' 다짐했다. 그러나 어른이 된 나 역시 타인을 인정하고 칭찬하는 데 매우 인색한 사람이었다.

　나는 자주 말한다. "우리집은 칭찬이 너무 야박하다"고. 엄마
는 "나는 그런 다정한 말은 잘 못해"라고 못박으면서도 계속되
는 나의 "우리집은……" 공격에, 질책과 타박의 표현들이 나오기
전, 한 번은 고민하고 말하는 것 같다. 한 사람이 평생 동안 반복
해온 습관들이 어떻게 단번에 바뀔 수 있을까. '가풍'이라는 말
이 있다. 한 집안에 내려오는 관습이나 생활태도, 좀 더 넓게 보
면 윤리나 규범 같은 것들 말이다. 그렇게까지 거창하게 해석하
지 않아도 어느 집이나 집안을 유유히 흐르는 특유의 공기가 있
다. 너무나 익숙하고 자연스러워서 무의식중에 몸에 익는다. 분
위기는 생각과 말과 행동에 나타난다.

　엄마, 아빠가 어리고 젊을 때, 주변에는 애정 어린 말을 들려주
는 어른들 대신 낯선 타지에서 홀로 자신을 책임져야 하는 척박
한 삶의 조건만이 놓여 있었다. 그들이 겪은 고난이 자식들이 물
려받지 않길 바라는 마음, 걱정과 불안과 염려가 부모님 특유의
말하기 방식에 묻어 있다. 애정이 담긴 격려와 지지의 말을 건네
고 싶지만, 그런 말이 둘에게는 아무래도 익숙하지 않은 것 같
다. 나는 '의식적으로' 그것을 잊지 않으려고 한다. 부모님이 자
식들의 능력과 잠재력을 몰라서, 그걸 억누르려고 그러는 게 아
니라는 것을. 우리집을 떠도는 공기가 서서히 순화되어 바뀔 때

를 나는 여유 있게 기다리는 중이다. 엄마, 아빠가 어린 시절 듣지 못한 만큼의 애정 어린 말을 내가 이제라도 할 수 있을 만큼 좋은 어른이 되려고 한다.

자기연민

*
*
*

　무조건적인 신뢰와 응원과 지지, 애정과 관심을 보여주는 사람을 만나기란 쉽지 않은 일이다. 칭찬과 격려의 말은 사회에서 쉽게 듣기 힘든 귀한 손님이다. 잘 해내면 아무 일 없이 무사히 하루가 지나갈 뿐이다. 칭찬을 받아들이는 사람의 역량도 중요하다. 사람들은 보통 부정적인 것에 더 예민하고 민감하게 반응한다. 열 번 좋은 말을 들어도 한 번 받은 질책에 오랜 시간 머물게 된다. 부정적 평가는 거의 한순간에 나를 잠식해버린다. 그런데 칭찬을 원하다가도 막상 누군가 좋은 소리를 해주면 '그런 건 누구라도 해내는 것이니까'라고 생각해버린다. 훌훌 털어버려야 할 이야기는 꽁꽁 싸매 마음속에 저장을 하고, 정작 오래도록 곱씹고 기억해야 할 칭찬들은 대수롭지 않게 잊어버린다.

공기청정기나 정수기처럼, 사람들에게도 절실히 자체 필터링 시스템이 필요하다. 비난과 질책의 말을 곧이곧대로 받아들이고 그 말을 자신과 동일시하다 보면, 누구라도 삶을 제대로 버텨낼 재간이 없다. 부모님들은 자신들의 걱정과 염려를 전달하기 위해 극단적이고 부정적인 형태의 말을 선택하는 경우가 많다. 어린이들은 그 속에 담긴 함의를 상상하는 능력이 없다. 그래서 자주 기가 죽고 자신감을 잃는다. 스펀지와 같아서 모든 것을 그대로 흡수한다. 그러나 어른이 되어서까지 타인의 평가를 남김없이 흡수하는 스펀지가 되어서는 곤란하다. 외부의 한마디에 일희일비하며, 잎새에 이는 작은 바람에도 태풍을 만난 듯이 휘청거릴 수만은 없다. 나는 나를 지키는 최후의 안전 보호막이다. 걸러 들어야 할 말은 거르고, 나를 고무시키는 말들은 한껏 빨아들인다.

무엇을 흡수하고 무엇을 버릴지는, 스스로가 결정할 일이다. 내가 어떤 사람인지 잘 알고 있을 때 정화기를 제대로 가동시킬 수 있다. 나를 이해하는 방법에 있어서 '자기연민'이 큰 도움이 되었다. 자기연민은 인간은 누구나 불완전한 존재라는 사실을 인정하는 데서 출발한다. '나는 무엇이든 잘 해낼 수 있다'는 긍정적인 마음이 발산하는 강력한 힘을 잘 알고 있다. 타인과의 비교로부터 자극을 받는 것 또한 자기 발전에 긍정적으로 작용할 때가 있다. 나 역시 그랬다. 지는 것이 싫었다. 쉽게 열등감을 느꼈다. 자존심도 고집도 센 편이다. 마음속으로 혼자만의 경쟁자를 만들고 그 사람을 꼭 넘어서겠다는 마음으로 죽을힘을 다해 노력한 적도 있다. 문제는 그런 마음을 언제까지고 지속하기 쉽지 않다는 데 있다. 목적 달성의 기준이 내가 아닌 타인에게 있기 때문에 건강한 성취감을 느끼기가 힘들다. 이건 잘 뜯어보면 '기필코 너를 밟고 올라서리라'라는 시기와 질투심을 기저에 깔고 있어서, 스스로를 피폐하게 만들기도 했다. 나보다 잘난 사람은 언제나, 어디에나 존재한다. 다 제치겠다는 마음은 애초에 불가능하며 설사 달성하더라도 허무해진다. 하나의 목표를 이루고 나면 당장은 그 열매의 달콤함을 맛보겠지만, 곧바로 또 다른 목표를 설정하지 않으면 안 된다. 무한반복이다.

'자존감'의 회복이 정신적인 허기에 시달리는 사람들을 위한 만병통치약처럼 여겨지는 분위기가 있다. '나는 완전하다, 나는 멋지다, 나는 제법 잘 해내고 있다!' 이런 주문을 허구한 날 외워봐야 자존감이 하루아침에 생기지 않는다. 실체 없는 낙관으로 나를 달래다 보면 「아큐정전」의 아큐처럼, '정신승리'하고 있는 얼빠진 사람이 된 것만 같은 기분도 든다. 자존감은 나를 최대치까지 밀어붙여서, 어떤 분야에서 대내외적인 인증을 거친 후에 성취된다. 그러니까 이름처럼 스스로 얻게 되는 감각이라기보다는, 최후에 끝판왕처럼 존재하는 타인의 긍정적 평가로 판가름 나는 감각이라는 거다. 여기에는 자연히 남들과의 비교과정이 수반된다. 누군가보다 더 뛰어나고, 우월하고, 잘나야 드디어 자존감이라는 것을 쟁취하게 된다.

자기연민은 어딘가 찌질해 보이는 구석이 있다. 스스로를 가엽게 여기고 동정하라니? 처음에는 자기연민이라는 말 자체에 거부감을 느꼈다. 당당하고 긍정적이고 적극적으로 살아가자는 삶의 모토가 내 속에도 뿌리 깊게 주입되어 있었다. 우리는 모두 긍정의 힘을 믿으니까. 자신의 나약함을 인정하고 그것을 돌보기를 요구하는 자기연민의 삶의 방식은 패배자의 냄새가 났다. 이건 지금껏 모든 삶을 이기고 지는 것으로 판단했다는 방증이기도 하다. 이기기 위해서 나 아닌 누군가가 반드시 패배해야 하는 형태로 삶을 구성한다는 것은 피곤하고 괴로운 일이다.

『러브 유어 셀프』에서 저자인 크리스틴 네프는 자존감과 자기연민의 차이점을 짚고, 자기연민의 뛰어난 효과를 알려준다. 자기연민은 실패 이후 자기 비난에 갇혀 있기보다는 그것이 나만의 것이 아닌 자연스러운 삶의 과정임을 인지하게 한다. 자기연민을 잘하는 사람들은 다른 사람들이 자신의 성과를 어떻게 평가할지에 대해 덜 걱정하고, 실패에 대해 훨씬 자유롭다. 따라서 실패 이후 그 일을 포기하는 대신 자신에게 더 효과적인 새로운 접근법을 고민한다. 도전에 실패했다고 해서, 실수했다고 해서, 잠들기 전 '이불킥'하지 않는다. 모든 실패와 좌절은 너무나 당연한 삶의 일부분이므로. '왜 이렇게 나만 불행할까, 왜 나에게만 이런 불상사가 일어날까, 대체 왜 나에게만!' 이런 생각은 온 세상이 자기를 중심으로 돌아가고 있다고 생각하는 유아적 관점을 버리지 못한 사람들의 착각이다. 세상은 나를 중심으로 돌아가지 않는다. 그러니 모든 슬픔과 불행이 나에게만 닥친다는 망상은 버려도 좋다.

삶이 저점으로 떨어졌을 때 어떻게 다시 반등할 것인가. 우리 모두는 취약하다. 따라서 실패는 당연하다. 화가 나는 것도 자연스럽다. 샘이 나고 질투가 나는 것도 당연하다. 그러니 그런 자신을 혐오할 필요가 없다. '그래 나는 그런 사람이야, 또 모두가 그래.' 치욕과 좌절과 실패의 순간은 나만의 것이 아니다. 누구나 살면서 겪는 문제들이다. 자기연민은 자신이 겪는 슬픔과 고통과 고독을 응시하게 한다. 그 과정에서 자신을 깊이 이해하게 된다. 더 이상 타인의 이해를 갈구하지 않는다. 타인의 칭찬을 갈망하지 않는다. 내가 서툰 것은 무엇인지, 한계지점은 어디인지, 힘이 들 때 어떤 상태가 되는지. 자신의 내면의 고통을 들여다보면서 나약함과 불충분함을 깨닫는다. 이것들은 원하지 않았던 단점들임에 틀림없다. 회피해왔던 자신의 적나라한 모습이다. 정면으로 마주하고 싶지 않았던 모습들, 그래서 깨뜨린 거울이다. 보고 싶지 않은 것이니 무시해왔다. 내가 누군지 알아가는 과정에서, 나는 내가 깨뜨린 거울 조각들을 모아야만 했다. 대면하고 싶지 않았던 약점과 단점들을 마주했다. 물론 전혀 신나지 않는 일이다. 일이 잘 풀리지 않을 때마다 다른 사람을 원망하고 세상을 탓했던 것, 온갖 회피와 자기합리화, 후에 따라오는 자기혐오, 게으름과 나태함, 쓸데없는 완벽주의, 지나치게 타인의 인정에 기대면서 자신에게는 너무나 모질게 굴었던 시간들. 인정하고 나면 도저히 그곳에 계속 머물고 싶지 않아진다. 그리고 마주하기 싫은 모든 것을 뚫어지게 관찰하고 인정한 '용기 있는 나'라는 자기 서사를 얻게 된다.

스스로에 대해 잘 모르는 것은 삶의 질을 곤두박질치게 만드는 주된 원인이다. 자기 자신과 불화하지 않기 위한 패턴을 익혀두면 일상적인 불안과 우울에서 벗어날 수 있다. 시작은 자기 관찰이다. 왜 기분이 안 좋은지, 언제 가장 경쾌한 몸과 마음 상태를 얻게 되는지. 단지 생각만 해보는 것보다 어디에든 메모해두는 것이 훨씬 좋다. 실체 없이 떠도는 '생각'보다는 눈에 보이는 물질로 형상화된 '문자'가 지닌 힘을 무시하지 말자. '기분전환 방법', '컨디션이 좋을 때 내가 했던 일들', '우울할 때 내가 했던 일들', 주제는 다양하다. 일상 속에서 벌어지는 사소한 일일수록 더 좋다. 그런 것들이야말로 무의식적으로 반복하는 것들이어서 쥐도 새도 모르게 나에게 우울을 끌고 오는 원인인 경우가 많다. 목록을 추가하다 보면 일상 파괴자의 실체가 드러나고, 행복회로를 돌리는 패턴이 나타난다. 일련의 과정은 자기를 진심으로 좋아하지 않고서는 불가능한 일이다. 나르시시스트가 되자는 이야기는 아니다. 자기에게 빠져드는 사랑이 아니다. 자신에 대한 편견을 내려놓고 거리를 둔 채 애정 어린 시선으로 바라보기. 자기 관찰은 그렇게 시작된다.

자기 자신을 사랑하라는 말

＊
＊
＊

'자기 자신을 사랑하라'고 한다. 자신을 사랑하지 못하는 사람은 누구도 사랑할 수 없다고 한다. 어딘가 낯간지럽다. 나를 사랑하라니? 내가 나를 싫어하는 것은 아니다. 그렇다고, 진심으로 나를 사랑하고 있는 것 같지도 않다. 자기를 사랑하라는 말은 이제 너무 흔해서 응당 옳은 말이겠거니 하고 넘어가지만 정작 진지하게 고민해보지 않은 문제다. 나를 사랑해야 하는 이유가 무엇인지, 나를 사랑하는 방법이 무엇인지 구체적으로 말해주는 이도 없다. 그도 그럴 것이, 이는 전적으로 내가 도맡아 고심해야 하는 문제다. 나를 사랑하는 방법을 남에게 알려달라 조를 수는 없는 법이다.

친구를 잘 만나야 한다는 말, 주변에 어떤 사람이 있는가가 중요하다는 말을 자주 듣는다. 맞는 말이다. 주변에 머무는 사람들은 내 삶에 어떤 식으로든 영향을 미친다. 좋은 사람들과 함께하면서 얻는 기분 좋은 자극과 삶의 활력이 있다. 그런데, 좋은 사람을 만나려면, 먼저 좋은 사람이 되라고 한다. 과연 나는 좋은 사람인가? 곰곰 생각해보았다. 나는 내가 생각해도 친하게 지내고 싶은 사람인가? 자기 관찰을 시작하면서 이 문제는 삶의 중대한 물음으로 다가왔다. 어차피 일생의 대부분 나는 '나'와 함께 있어야 한다. '나'는 살아있는 동안만큼은 떠나고 싶어도 떠날 수 없다. 싫어하는 사람과 마주앉아 한 공간에 오랜 시간 머무르는 일만큼 고역인 일은 없다. '나'는 내가 평생 함께해야 할 사람이니, 좋아할 만한 내가 되는 것은 삶의 시급한 문제다.

나는 단순하게 내가 좋아하는 사람이 생겼을 때 어떻게 하는지를 떠올려보았다. 그 어느 때보다 외모에 신경을 쓴다. 건강해지기 위해 되도록 몸에 좋은 것을 소량만 먹으려 하고 운동을 열심히 한다. 더 꼼꼼히 씻고 얼굴에 팩도 자주 하고, 좋은 크림도 듬뿍 발라준다. 머리카락도 단정하게 관리한다. 어울리는 옷을 말끔히 세탁하고 주름 간 곳 없이 잘 다려 입는다. 손톱도 가지런히 정리한다. 피상적이기는 하지만 좋아하는 사람을 생각하면서 내가 먼저 좋은 사람이 되려는 최초의 노력은 이런 식으로 시작되는 게 아닐까. 혼자 있을 때 늘어진 옷을 입고 제대로 씻지도 않는 건 기본에, 떡 진 머리에 이불과 한 몸이 되어 있는 나도 있다. 그런데 왜 나는 나에게는 잘 보이려고 하지 않는가? 다른 사람과의 약속은 소중하게 여기면서, 나 자신과의 약속은 왜 그다지도 쉽게 파토를 내는가. '오늘은 너무 피곤하니까', '갑자기 일이 생겼으니까', 핑계를 대고 쉽게 타협해버린다.

낡고 등이 불편한 의자를 아까워서 버리지 못하고 계속 쓰는 것, 유통기한이 지난 오래된 립스틱을 계속 바르는 것, 목덜미를 따끔하게 찌르는 상표를 계속 달고 다니는 것, 맵고 짠 자극적인 음식을 계속 먹는 것. 만약 좋아하는 사람이 어딘가 불편함을 느낀다면 당장 달려가 도와주고 싶을 것이다. 그런데 자기 자신에게는 왜 무심하게 구는 것일까. 어느 순간 나는 스스로를 귀찮아하고 있다는 생각이 들었다. 다른 사람들을 챙기는 것에는 기쁨을 느끼면서도 정작 나를 돌보지 않았다. 그리고 보답받지 못한다는 생각에 서운함을 느꼈다. 너그럽게 베풀 준비가 덜 되었던 거다. 자연스럽게 나오는 축하의 메시지, 응원하고 용기를 주는 격려와 위로의 말을 남 앞에서만 하지 말고 나에게 먼저 해주어야 한다. '수고했어, 잘했어, 오늘 정말 괜찮았어.' 쪽가위를 사서 여기저기 튀어나온 옷의 실을 정리해주는 것만으로도 존중받는 느낌을 받았다. 나의 편안함, 나의 안정이 일순위다. 남들 눈에는 어차피 띄지도 않을 가느다란 실 한 자락을 정리하자고 쪽가위를 사러 나가는 수고를 귀찮아하지 않는 것. 나를 사랑하기는 그렇게 거창하고 대단한 일만은 아니었다.

우리 방식의 언어

✳
✳
✳

한 달 전에 가족끼리 저녁을 먹다가 나온 이야기다. 아빠는 최근에 공장을 옮기느라 빚을 많이 냈다. 그전에도 이미 빚이 있었으니 상환할 돈이 불어났다. 아빠는 이제 뭔가 확장을 하기보다는 빚도 갚고 앞으로 몇 년 후에는 공장도 정리하고 해야겠다고 했다. 아빠의 사업에 어떤 다른 돌파구가 생길지도 모를 일이지만, 지금으로서는 원재료 가격이 너무 올랐고, 부품을 납품하는 말단 하청업체인 우리 공장에서 중소기업을 상대로 단가를 올리기는 말 그대로 하늘의 별 따기였다. 지난달에 최근 몇 년간 계속 깎여온 단가를 겨우 올렸는데, 그 정도 인상으로는 치솟는 원재료 가격을 충당하기는 어림도 없을 것 같다. 이런 사정이니 아빠는 앞날에 대해 이런저런 생각이 많은 모양이다. 그러면서 아빠가 말했다. "내가 이제 살면 얼마나 산다고. 팔십 정도 되면 다 죽는다." 말이 끝나기가 무섭게 눈물이 터질 것 같았지만 살아온 방식대로 꾹 참아냈다. 저녁자리는 곧 다른 이야기로 옮겨 갔다.

　나는 진로상담으로 시작해 심리상담이 되어버린 근 2년간의 상담 과정에서 어느 순간 이걸 단지 상담 선생님 앞에서 말하는 것만으로는 성에 차지 않음을 느꼈다. 그래서 작년부터는 엄마, 아빠와 관련된 기억들을 주섬주섬 꺼내서 적기 시작했다. 보통 대중적으로 알려진 대로, 어린 시절 부모에게 받은 상처가 성인이 되어서도 삶에 문제로 작용한다고들 하지 않는가. 처음에는 그런 이야기들이야 너무 흔해 빠진 상투라고 넘기고 싶었는데, 이렇게 어물쩍 넘겨버리고 싶은 마음 자체가 진짜 문제라는 사실을 깨달았다. 분명 내 안에는 해결되지 않은 과거의 기억들이 있었다. 그리고 그걸 어떻게든 해소하고 싶었다. 책 쓰기 모임에 들어가서 1년여를 열심히 썼다. 적고 싶은 이야기를 다 적고 났을 때 나름대로 후련했다. 그런데 그것으로 다가 아니었다. 이걸 엄마, 아빠는 모른다. 내가 어린 시절 어떤 생각을 했는지, 엄마, 아빠를 어떻게 바라봤는지 그들은 전혀 아는 바가 없다. 나는 그 사실이 늘 마음에 걸렸다. 혼자서 쓴다고 해서 마음의 응어리가 다 풀리지는 않았다.

자연스럽게 나는 부모와 관련된 기억을 회고하는 다른 유명한 작가들의 책도 보이는 족족 열심히 읽었다. 아니 에르노Annie Ernaux나 디디에 에리봉Didier Eribon 같은 프랑스 작가들의 책을 시작으로 아버지와 사이가 좋지 않았다던 카프카의 책도 읽었다. 일일이 나열할 수는 없지만 한국 에세이에도 자신의 부모와 관련된 기억을 꺼내놓는 작가들이 많았다. 대개 그들은 어린 시절 부모를 원망했다. 내가 그랬던 것처럼. 하지만 나중에 아주 어른이 되어서 그들은 부모를 이해하려고 노력했다. 그리고 실제로 이해하게 되었다. 글쓰기는 자신에게 상처를 준 부모를 어떻게든 이해해보려는 끈질긴 노력이다. 그럼에도 어떤 면에서 나는 아주 솔직하게는, 그들이 비겁하다고 느꼈다. 개중에 몇몇은 자신이 그토록 미워한 부모가 세상을 등지고 나서야 비로소 그들을 이해하고자 했기 때문이다. 결과적으로 그들의 부모는 자식이 얼마나 자신을 미워하고 사랑하는지 어느 것도 알지 못한 채 세상에서 떠난 것이다. 나는 작가들이 부모에게 상처받은 어린 시절에 깊이 공감하면서도, 책을 덮고 난 후에는 그 어떤 이야기도 듣지 못한 채 떠나버린 부모들이 불쌍하다는 생각이 들었다. 그러나 나 역시 용기가 없었다. 부모가 나에게 준 공포와 외로움을 적어둔 글을 엄마, 아빠에게 보여줄 수 있을까? 엄마, 아빠를 미워했다고, 사랑한다고 과연 내가 직접 그들에게 말할 수 있을까? 그건 현실에서는 여전히 불가능할 것이라는 생각이 들었고, 어쩌면 나중에 과거를 회고하는 식으로밖에 고백할 수 있는 이야기인 것은 아닐까 생각했다. 그러나 그냥 이대로 엄마, 아빠가 세상을 떠난다니, 그건 내가 겪을 수 있는 가장 고통스러운 일일 것 같았다.

그런 생각들이 종종 이어지던 어느 날, 나와 동생들과 아빠가 남아 술을 마시다가 나는 갑자기 이야기를 시작했다. "아빠가 한 달 전에 이제 내가 살아봐야 얼마나 살겠냐고 그러는데, 나는 그게 너무 슬픈 거야." 나는 말을 시작함과 동시에 울기 시작했다. 여동생도 따라 울기 시작했다. 이제 한 문장을 이야기했을 뿐인데. 사실 내가 이해할 수 없었던 건, 난 어릴 때부터 아빠가 너무 미웠는데, 왜 아빠가 없는 세상은 상상조차 할 수 없는지였다. 엄마, 아빠가 없으면 어떻게 살아야 될지 모르겠다며 엉엉 울다가, 나는 나의 이해할 수 없는 마음을 그냥 그대로 덧붙여 말했다. "엄마, 아빠가 우리 어릴 때 엄청 싸웠잖아. 아빠 근데 그건 정말 내가 죽을 때까지 상처로 남아 있을 거야." "나는 그래서 엄마, 아빠가 너무 미웠어. 너무 미웠는데 지금 생각해보니까 그때 엄마, 아빠도 너무 어렸더라구. 지금은 이해해. 엄마, 아빠가 살아온 인생이 너무 힘들다 보니까, 그렇게밖에 할 수 없었겠구나 싶어.”

여동생은 유치원 다닐 때 선생님이 꿈을 적어보라고 했는데, “엄마, 아빠가 안 싸우는 거”라고 적었다는 이야길 했다. 선생님이 “다른 꿈은 없니?”라고 물어봤다는 것도. ‘꿈’이 되고 싶은 사람, 직업을 적는 거라는 걸 몰랐단다. 아빠는 중간중간 무언가 이야기를 이어가려고 했는데, “옛날 생각하면 미안한 게 많지,” 뭐 이런 이야길 하면서……. 하지만 말을 잇기가 쉽지는 않은 것 같았다.

남동생이 일곱 살 때였나, 아빠가 뽑은 지 얼마 안 된 차를 자전거를 끌고 나가다가 집 앞에서 긁어서 엄청 맞았다는 이야기가 나왔다. “아빠, 그 차는 지금 우리집에 있지도 않지만 얘는 지금 여기 있잖아. 얘가 더 중요한데 차가 뭐라고……” 얼마 전에 남동생이 나에게 해준 이야기가 있다. 아홉 살 때인가, 다른 집 엄마들은 반찬도 많이 해서 밥을 차려주는데 우리 엄마는 안 그랬다고. 그래서 엄마한테 다른 엄마들은 밥해주는데 왜 나는 밥 안 주냐고 했다가 엄청 맞았단다. 근데, 엄마가 울면서 동생을 때렸다고 한다. 나는 이런 옛날이야기를 들으면 어린 나와 동생들이 너무 안됐다. 그런데 지금 와서 보니 지금 내 나이랑 비슷한 과거의 엄마가 너무 안됐다. 마음이 복잡해진다.

아마 이날이 아빠에게 나의 솔직한 마음을 말로 전한 최초의

날일 것이다. 요점은 이랬다. '나는 어릴 때 아빠가 너무 미웠다, 하지만 어른이 되자 이해가 된다, 그리고 아빠가 세상을 떠나는 일은 상상만 해도 슬퍼서 눈물이 줄줄 난다.' 내 감정은 여동생이 몇 시간 후에 나에게만 말해준 문장으로 정리가 된다. "언니가 그렇게 말하니까, 내가 속이 후련했어." 우리 가족은 진심을 숨기는 데 달인이 되어 있었다. 솔직하게 말하는 걸 누군가 금지라도 해놓은 듯 싫은 것도 좋은 것도 꾹 참고 그냥 아무 일 없는 것처럼 살기. 우리집에는 말이 없었다. 언어가 없었다. 엄마, 아빠가 악을 쓰며 싸웠던 것도, 엄마가 남동생을 울면서 때린 것도, 아빠가 욱하는 성질을 죽이지 못하는 것도, 우리집에 언어가 없었기 때문에 일어난 일들이 아니었을까.

나는 엄마, 아빠에게 그동안 느껴온 죄책감의 본질에 대해서 생각했다. 그건 엄마, 아빠를 미워한다는 사실에서 느끼는 죄책이 아니었다. 그보다는, 내가 말하지 않는다는 것, 말하지 않는 부모에게서 자랐듯이 나 역시 부모에게 아무런 말도 하지 않는다는 것. 나는 내 감정과 생각을 아빠에게 말로 하고 나서, 이게 중대한 문제였다는 것을 깨달았다. 내가 느낀 죄책은, 우리 부모가 내가 받은 상처를 말한다고 해도 전혀 이해하지 못할 거라는, 부모의 이해 능력을 무시했다는 그 사실에서 비롯했다는 생각이 든다. 둘은 듣지 않을 거야, 말해도 이해 못 할 거야, 그렇게 넘겨짚었다는 사실이 내 죄책감의 근원이었다는 생각이 든다.

한나 아렌트가 『인간의 조건』에서 인용한 아이작 디네센의 문장을 오늘 다시 읽었다. "모든 슬픔은, 말로 옮겨 이야기로 만들거나 그에 관해 이야기한다면 참을 수 있다." 이 문장은 참이다. 내 응어리는 어느 정도 풀렸다. 그러나 내가 아빠에게 정확하게 전달했듯, 어린 시절 잦은 부모의 갈등과 다툼은 어떤 인간에게는 죽을 때까지 잊히지 않을 정도로 무섭고 슬픈 일이다. 어린아이들에게 엄마, 아빠는 이 세계와도 같다. 어린 나는 세상이 무너지는 듯한 두려움을 경험했다. 그러나 그때는 설명할 수 없었던 어린 세계의 붕괴를 나는 지금은 꽤 잘 이해한다. 한때 내 세계였던 두 사람을 과거보다는 더 잘 이해한다. 지금 나에게는 언어가 있기 때문에.

사랑받고 자란 사람

＊

＊

＊

자존감 높은 사람을 요즘 사람들은 좋아하는 것 같다. 자존감. 당당하고, 자신감 있고, 똑똑하고, 말도 잘 하고, 솔직하고, 꾸밈 없고, 자기 자신을 사랑하고, 건강한 내면을 가졌고……. 늘어놓자면 이런 성질들인 듯한데 '사랑받고 자란 사람'이라는 수식으로 간단하게 표현되기도 한다. 여기에는 많은 세부 사항들이, 촘촘히 깔려 있다. 이를테면 유복한 가정, 화목한 집안 분위기, 긍정적인 영향을 주는 주변 사람들, 밝고 명랑한 지인들. 그런 느낌을 주는 사람들이 미디어에 자주 노출되고, 사람들은 그들의 티 없이 밝은 모습, 당차고 잘난 모습을 동경한다. 비관과 우울이 없을 것 같은 사람들을 사람들은 좋아하는 것 같다. 어떤 사람이 이상형이죠? 밝은 사람이요, 잘 웃는 사람이요, 유머감각이 있는 사람이요, 웃는 모습이 예쁜 사람이요, 긍정적인 사람이요.

욕망은 곧 결핍에서 온다고 했던가. 그래서 화목하지 않은 가정환경, 빠듯한 경제 사정, 부정적인 말만 늘어놓는 사람들 속에서 소심하고 위축되어 있는, 자신감도 없고 내일이 암담한 사람들은 상대적 박탈감에 괴로워하면서 나와 전혀 다른 '사랑받고 자란 사람들'을 부러워하는 게 아닐까. 영상으로 플레이되는 사랑받고 자란 사람들이 뿜어내는 당찬 기운을 부러워하면서 〈금쪽같은 내 새끼〉에 등장하는 과거의 나들을 떠올린다.

칭찬받고 사랑받고 싶은 마음, 누군가 나를 끊임없이 지지해주길 바라는 마음, 이런 마음은 모든 인간의 보편적인 바람인 것 같다. 미움받고 싶은 사람을 적어도 나는 본 적이 없다. 이 욕망이 결코 채워지지 않는다는 사실도 아마 대다수의 사람들은 어느 순간 깨달을 것이다. 나를 변함없이 매 순간 사랑만 해주는 사람은 없다고 보아야 할 것이다. 열심히 최선을 다했다고 해서 모든 사람이 그걸 알아주고 칭찬해주지도 않는다. 칭찬받기도 인정받기도 사랑받기도 응원받기도 그 무엇도 쉽지 않다. 혹시 내 삶에만 유난히, 내 주변에만 유난히 칭찬과 사랑에 박한 사람들이 등장해온 건 아닐까, 라고 생각했던 적도 있지만 '왜 나에게만'은 정말 위험하다. '이 세상에서 오로지 나만이 특별한 불행을 겪고 있다는 생각'은 고약한 망상이다. 파괴적인 나르시시스트가 될 필요는 없다.

비관으로 흘러가는 이야기는 아니고, 남이 안 해주니 내가 해줘야 된다는 말을 하고 싶었다. 칭찬도 사랑도, 내가 나에게 듬뿍 해주면 된다는 이야기를 하고 싶었다. 내가 힘들 때 내가 스스로 위로하고, 힘들 땐 쉬어도 된다고 말해주고 실제로 잔뜩 쉬고! 어제의 게으른 내가 미룬 일을 오늘의 부지런한 내가 잘 마무리하면 칭찬을 듬뿍 해주면 된다.

혼자 북 치고 장구 치다가 끝나는 건 아닌가 하는 생각이 들 수도 있겠지만, 이 훈련의 효과는 의외의 결과를 불러온다. 이 과정에서 사랑받고 인정받고 칭찬받고 위로받고 싶어 하는 나의 욕망을 너무 절절하게 이해하게 되기 때문에, 나는 다른 사람들의 사랑받고 인정받고 칭찬받고 위로받고 싶어 하는 욕망을 상상할 수 있게 된다. 그래서 누군가 실의에 빠져 있거나 도움이 필요하다는 신호를 보낼 때, 누군가 힘든 일을 잘 마무리했을 때, 축하해주어야 할 일이 있을 때, 예전보다는 더 진심으로 마음을 담아 짧은 한마디라도 하게 된다. 그에게 그 말이 너무나 필요하고 간절하다는 것을 알고 있기 때문이다.

아기의 탄생

✳
✳
✳

조카가 돌 지나서 걷기의 맛을 제대로 알게 된 것 같다. 걷다 넘어지기를 계속 반복하더니 어느 날 한 번 넘어지지도 않고 거실을 휘젓고 돌아다니기 시작했다. 온 가족이 둘러앉아서 응원하고 칭찬하고 난리가 났는데, 아기는 소리를 지르면서 (짧은) 두 팔을 머리 위로 번쩍 들고 위풍당당하게 집 안을 걸어 다녔다. 마치 자신의 전지전능함을 마음껏 뽐내는 신이 된 듯한 모습이었다. 아기는 두 발로 땅을 디디고 걸을 때마다(발이 마룻바닥에 부딪칠 때마다 "찹찹" 소리가 난다) 자신의 위대하고 황홀한 능력에 도취되어 있는 듯했다. 물론 나의 뇌내망상이다. 아기의 심정에 대해서는 알 길이 없다. 아직 아기에게는 언어가 없다. 아기를 제외한 가족들은 온몸 바쳐, 열과 성을 다해, 아기를 해석하고자 한다. 어떻게 하면 아기를 더 들을 수 있을까, 어떻게 하면 아기의 의도를 정확하게 포착해낼 수 있을까. 언어가 없는 자에게 더 귀기울이는 것은 자명한 진리처럼 여겨진다.

아기가 우리집에 미친 영향을 좀 적어볼까 한다. 엄마, 아빠는 혀 짧은 소리와 의성어를 내기 시작했다. '아기의 언어'로 돌아간다. 오구구, 우쭈쭈, 또잉또잉, 까꿍…… . 의미를 알 수 없는 소리를 내며 아기의 관심을 갈구한다. 어떻게든 아기와 소통하고 싶다는 욕망이 일기 때문이다. 웃고 울고 찡그리고 놀라는 아기의 반응을 얻으려고 우리 가족은 아기 앞에서 재롱을 피운다. 어른들은 자신이 아기와 놀아준다고 생각하지만, 사실은 정반대다. 아기가 어른들의 재롱을 구경하고, 그에 관대하게 반응해주는 것이다. 조막만 한 손바닥을 부딪쳐가며 박수를 쳐주고, 숨넘어갈 듯이 웃어준다. 자신들 앞에서 눈길을 끌려는 어른들의 갖은 노력을 아기는 '어른스럽게' '치하'해주고 있는 것이다. 나는 그토록 너그럽게 누군가의 작은 노력을 알아봐주고 인정해주는 사람을 본 적이 없다. 다만 아기들은 그렇게 한다.

아기의 언어를 소리 내면서 나는 내가 작고 약한 존재를 흉내내고 있다는 사실을 깨닫는다. 말을 배우기 이전, 말할 수 없는

'약자'의 시간을 체험한다. 어른이 아기를 키운다고 하지만, 사실 아기가 어른을 성숙하게 한다. 그런 면에서, 부모와 자식은 서로를 자라게 한다. 부모가 일방적으로 자녀를 키우고 있다는 것은 반쪽짜리 진실이라고 생각한다. 물론 자식을 낳거나 키워보지는 않았지만, 곁에서 지켜본 바로는 그렇다.

건조하게 쩍쩍 갈라지는 가뭄 같은 우리집에 아기는 그간 쏟을 곳이 없어 방향을 잃었던 웃음과 사랑의 비를 내리게 할 존재인 것도 같다. 애정을 '들이붓는다'는 표현이 알맞겠다 싶을 만큼. 나는 이 기이한 현상을 관찰하면서, 그러니까 오랜 기간 보지 못했던 넘치는 애정의 현장을 목격하면서 생각한다. 우리 가족은 만약에 내가 다시 아기로 돌아간다면, 받고 싶을 만큼의 사랑을 조카이자 손녀에게 쏟아붓고 있는 것이 아닐까? 나는 아기를 향한 무조건적인 사랑이 어쩌면 자기 자신을 향한 무조건적인 사랑의 다른 형태가 아닐까 생각한다. 내가 저만할 때, 엄마, 아빠도 이만큼 날 사랑해주었을까? 이 의구심은 어쩐지 조금 슬프기도 하다. 그치만 아마도 그랬을 것이다. 단지 기억나지 않을 뿐이다. 기억나지 않는 시절에 받은 사랑을 어떻게든 되돌이켜보기 위해서, 우리 가족은 이 작고 약한 존재를 숭배하는 중이다.

순환의 고리

＊
＊
＊

조카가 태어난 지 약 7개월이 되었다. 엄마는 아기 뒤통수 모양을 보고는 "남동생 보려고 그런다"라고 했다. 중학교 가면 고등학교 언제 가니, 고등학교 가면 수능 언제 보니, 수능 보면 어느 대학 가니, 졸업하면 어디 취업하니, 취업하면 언제 결혼하니, 결혼하면 애 언제 낳니, 애 낳으면 둘째 언제 낳니라더니 그 말이 진짜였다.

외갓집 첫째외삼촌은 딸이 셋이다. 첫째언니가 결혼해서 딸을 하나 낳았고, 둘째언니가 결혼해서 딸을 하나 낳았고, 셋째언니가 결혼해서 딸 둘을 낳았다. 엄마가 전하길, 외숙모가 어디 가서 아들 하나 훔쳐오고 싶다고 했다고. 자기도 딸만 셋을 낳고 그 딸들이 또 딸만 낳으니 나온 소리였다.

　막내외삼촌 딸이 결혼을 일찍 해서 또 딸을 낳았고, 내 동생이 결혼해서 딸을 낳았다. 그러니까 우리 외갓집은 지금 남자아기가 태어난 지 오래다. 엄마가 늦둥이로 내 남동생을 낳은 게 마지막인 듯하다. 그래서 엄마는 내 동생이 남자아기를 낳기를 바란 모양인데, 딸을 낳았고 아기 얼굴이 아무래도 남동생을 볼 얼굴이라는 것이다.

　나는 결혼을 하지 않았기 때문에 저런 기대를 충족시켜야 한다는 부담을 느낄 필요는 없다. 아빠의 만 60세 생일을 맞아 집에 고모들이 잠시 다녀가셨다. 고모들의 타겟은 30대 중반인 나를 피해 20대 후반 남동생으로 정해진 것 같았다. "너는 결혼 언제 할 거니?" 나에게 그런 질문을 하는 건 적절치 않다는 판단이었던 것일까. 바로 옆에서 20대 후반 남동생에게 결혼을 재촉하는 목소리를 들으며 뻘쭘해지는 나를 느낄 수 있었다. 그럴 필요 없다는 걸 머리로는 알지만 느낌이 그렇게 흐르는 건 나도 어쩔 수 없는 일이었다. 아들이 낳은 손주는 더 예쁘다는 말도 나왔다. 그러니 얼른 결혼해서 애 낳으라고. 여동생이 무슨 생각을 했을지는 잘 모르겠지만. 나와 여동생 얼굴을 번갈아 보며 여동생은 얼굴이 하얗네, 너는 안 그런데, 외모에 대한 평가도 이어졌다.

아마 어릴 때 같으면 방에 들어가서 거울을 보고 내 얼굴은 왜 이런가 했을지도 모르겠다. 하지만 언젠가 고모는 "셋 중에 네 인물이 제일 낫다"라고도 했다. 그러니까 가족모임에서 나오는 이런저런 말들에 어떤 악의도 없다는 사실을 이제는 안다. 1년에 한 번, 어쩌다 만나는 친척들이 모여서 할 수 있는 대화의 주제란 것이 매우 한정적일 수밖에 없다. 그래서 자연히 공부나 결혼이나 신체적 변화, 외모와 같은 가시적이고 빤한 이야기만 오간다. 경조사 때나 만나는 사람들이 인생에 대한 깊은 철학을 논하지 못하는 건 누구의 잘못도 아니다.

엄마와 고모들이 살았던 때야말로, 아들만 귀하게 여겨 공부를 시키고 딸들은 시집이나 가면 그만이라고 여기던 때인데(물론 세상 모든 집이 다 이랬던 건 아니라는 사실도 나중에 알게 되었지만), 나는 엄마나 고모들이 하는 말을 쓸데없는 이야기만으로 치부하고 싶지는 않다. 우리는 모두 특정한 시공간을 살아갈 뿐이고, 자신이 살아온 특정한 시대를 벗어나 사유하고 말하기란 일부 예외적 인간을 제외하고는, 아니 이런 예외적 인간은 없을 거라는 생각도 든다.

동생은 결혼한 뒤 우리집에 올 때마다 "집이 너무 더럽다" 타령을 한다. 자기도 여기서 수십 년을 같이 살아놓고 말이다. 엄마는 동생이 집에 다녀가고 나면 다음번엔 그런 얘길 안 듣겠다는듯이 주방에 널린 잡동사니들을 갖다 버리거나 정리하곤 했다. 그래도 여전히 동생 눈에는 우리집이 너무 더러운 것이다. 동생은 이번에는 아예 부엌 식탁과 조리대 위를 싹 치워버렸다. 더럽다, 더럽다, 노래를 부르면서.

동생이 부산스럽게 움직이던 때 엄마의 기억은 갑자기 40년 전으로 되돌아갔다. 엄마가 서울에서 동생들과 자취를 하며 일하던 20대 초반에, 어쩌다 집에 내려가면 외갓집 부엌이 그렇게 더러울 수가 없었다는 것이다. 그때만 해도 아궁이를 떼던 때라, 부엌 여기저기에 먼지가 말도 못해서, 엄마도 외할머니에게 "더럽다, 더럽다" 싫은 티를 잔뜩 내면서 내 동생이 그러던 것처럼 부엌을 쓸고 닦고 했다고. 외할머니 집이 더럽다고 했던 엄마 집이 지금은 내 동생이 보기에 너무 더럽고, 나는 부엌에서 벌어지는 3대의 그림과 이야기가 흥미롭고 즐거워서 '이 이야길 글로 꼭 적어 놔야지' 하고 생각했다.

삶은 계속 반복되고 있을 뿐이라고. 그래서 우리는 달라지기가 너무 힘든 것이다. 뭔가 달라지려고 할 때마다, 그 저항이 너무나 크다. 견고한 순환고리 밖으로 뛰쳐나가기란 그래서 이토록 힘이 든 것이구나! 내가 결혼을 해서 딸을 낳고 그 딸이 내 집 부엌이 더럽다고 핀잔을 하는 미래는 사실 어쩌면 너무 쉽게 달성될 그림과 이야기가 아닐까?

어제 엄마는 갑자기 나에게 피부과를 예약해두었으니 매주 가서 관리를 받으라고 했다. 고모가 내 동생은 하얗고 나는 안 그렇다고 한 이야기를 엄마가 옆에서 듣고 있었던가? 잘 기억나지 않는다. 엄마는 시집가기 전에 늙었다 소리 듣지 말고 피부과를 다니란다.

나는 지금 여신, 그리스 신화, 젠더, 장소, 공간, 이것들을 어떻게 하면 논문에 잘 쓸 수 있을지, 그런 현실과 동떨어진 추상적 환경에 압도되어 밤이며 낮이며 시달리고 있을 뿐, 피부 관리나 결혼은 환상 속 어떤 그림이나 이야기로만 떠올린다.

내가 지금 즐거운 건 이 글을 10년 뒤, 20년 뒤에 읽었을 때 어떤 방식으로든 너무 재미있을 것 같다는 예감 때문이다.

좋은 것만 주고 싶지만

*
**
*

　조카가 3월 2일부터 어린이집 등원을 시작했다. 두 돌을 석 달 앞두고 사회에 첫발을 들인 것이다! 초반 며칠은 뭣 모르고 "엄마, 안녕" 하고 잘 갔는데 3일 지나니까 그때부터 어린이집 문 앞에서 내 동생을 붙잡고 가지 말라고 오열을 했단다. 바짓가랑이 붙들고 울고, 엎어져서 울고. 가족 카톡방에서 매일 오열 등원 이야기가 오갔다. 생각만 해도 뭔가 짠했다.

　등원 시작한 후로 우리집에 자주 올 수 없게 되자, 한번은 내가 동생네 집에 놀러 갔다. 조카랑 놀고 밥도 먹고 이제 집에 가려는데 내가 코트를 입으니까 조카가 코트를 벗기려고 하는 것이었다. 원래 그전까지는 "이모 갈게" 하면 쿨하게 안녕 하고 악수하고 포옹하고 즐겁게 굿바이 인사를 하던 아기였는데. 그렇다. 이제 이 아기는 이별의 순간에 대한 인식이 생긴 것 같았다. 조카가 급기야 엉엉 울기까지 했다. 그런데 동생이 그걸 보더니 같이 더 서럽게 울기 시작하는 것이다. 나도 같이 따라 울고 말았다. 이 조그만 아기가 헤어지는 게 뭔지 알게 되었다는 사실이 슬펐다. 왜 네가 이런 슬픔을 알까, 그게 슬퍼서 눈물이 나는, 그런 겹겹의 슬픔과 슬픔이라고 해야 할까. 아기가 태어나서 평생을 좋은 것만 보고 웃기만 했으면 좋겠다는 바람이 너무 헛된 희망과 욕심이라는 것을 깨달은 엄마와 이모의 눈물이었던 것 같기도 하다. 아기가 크려면 사람들과 헤어지는 것도, 가끔은 홀로 외로워야 하는 법도 가르쳐야 한다. 그런데 그 과정이 너무 마음이 찢어지는 것이다. 아마 내 동생은 그런 엄마가 되었던 것 같고, 그래서 아기를 보면서 대성통곡을 했나 싶다.

나는 여전히 부모님에 대한 이런저런 불만이 많지만, 내 동생은 이제 그런 게 하나도 없다고 말한다. 결혼하고 아기를 낳은 사람들은 부모님에 대한 뭔가 다른 감정의 변화를 겪는 것 같다. 결혼해서 아이를 낳은 친구들을 봐도 비슷한 이야길 한다. 그들이 원래부터 그렇게 효녀는 아니었던 것 같은데 말이다. 나는 머리로는 엄마, 아빠를 이해하지만 감정적으로 절대 용납이 안 되는 어떤 것들이 여전히 너무 많다. 내 그릇이 작아서 그렇다고도 생각한다. 심지어 내 동생은 언니와 막내남동생 사이에 낀 둘째라 부모님에 관해서라면 다른 차원의 서러움과 애환이 있었던 것 같은데도.

생각해보면 자라는 과정에서 부모가 자식에게 상처와 외로움을 주지 않을 방도는 없어 보인다. 내 동생은 엄마로서 헤어지기 싫다며 오열하는 아기를 매일 아침 어린이집에 두고 나온다. 이건 아주 단편적인 사례다. 양육 과정에서 얼마나 많은 일들이 벌어지는가. 그런데 그 과정들이 잘 수행되어야만 취약한 상태로 태어난 아기가 점점 단단하고 유능한 어린이, 청소년, 성인이 될 수 있다. 이별의 슬픔을 알아버린 우리 조카가 짠하지만 한편 대견한 일이다. 이별과 슬픔을 모르고 어떻게 이 세상을 산단 말인가. 만남과 기쁨만큼 그것 역시 배워야 할 인생의 한 챕터인 것인데. 그렇지만 너무 슬프다. 왜 너처럼 무해하고 귀여운 아기가 그런 감정을 느끼고 울어야 할까. 슬픔이 꼭 나쁜 것인 양, 슬픔을 박해하고 억압하는 내가 얼마나 편견에 사로잡힌 인간인지 알겠다. 신도 아닌 주제에 인간이 어떤 감정은 느끼고, 어떤 감정은 느끼지 말았으면 좋겠다고 생각하는 내가 너무 오만하고 건방지다는 것도 알겠는데 그래도 그런 생각이 드는 걸 막을 수 없다.

우리집 첫아기에게 우리 가족은 자신이 과거에 받지 못했던, 받고 싶었던 모든 종류의 사랑을 쏟아붓고 있다. 아기를 둘러싸고 행복한 미소를 짓고 있는 우리 가족을 보면서 나는 우리 모두가 가족이어서가 아니라, 너무나 닮아 있는 인간들이라는 사실을 깨닫는다. 우리 모두는 맨 처음에 세상에 태어났을 때 이토록 작고 귀한 존재였다.

사회학자 어빙 고프만은 우리가 지금 하고 있는 일들, 길을 건너고, 문장을 말하고, 이를테면 밥을 먹고 물을 마시고, 옷을 입고, 운동화끈을 묶는 일에 이르기까지, 그 어느 것도 쉽게 이룬 것은 없으며 이 행위들을 하기 위해 누군가는 수많은 시간과 노력을 쏟아부었어야 했다고 일러준다. 일상의 모든 소소한 행위들은 우리를 길러준 부모를 비롯한 수많은 어른들의 도움과 그것을 무수히 시도하고 반복하여 익숙하게 처리하기까지 들인 어린 시절의 도전과 노력의 결과물이다. 이 세상에서 자라려고, 어른이 되려고, 사람이 되려고 다들 너무 고생했다. 그런 모두에게 '토닥토닥' 기특하고 대견하다고 따뜻한 인사를 건네고 싶다.

과거와 화해하기

＊
＊
＊

"······ 술을 마시거나 어릴 적 부모와의 관계를 곱씹는 게 해결책일 리 없다. 알코올이나 애착 이론은 즉각적이고 달콤하기 때문에 그것이 도피임을 뇌가 금방 알아차린다. 게다가 둘 다 뒷맛이 안 좋다. 퍼마실수록. 그보다는 스스로에게 실제적인 과제를 주는 게 의외로 유용하다. 청소나 운동 같은. 귀찮고 힘들다는 게 핵심이다. 조금만 참으면 '고난에 맞서 싸우는 나'라는 자기서사를 마음이 이내 지어낸다."(장강명, 〈중앙일보〉)

어떤 사람들은 부모를 원망해봐야 아무 소용이 없다고 말한다.

맞는 말이다. 남 탓을 해봐야 바뀌는 건 하나도 없다. 오히려 스스로를 좀먹는 행위일 뿐이다. 하지만 그런 말은 부모를 실컷 원망해본 사람들이 비로소 할 수 있는 말이 아닐까? 물론 먼저 삶의 단편을 겪어본 이들이 하는 말을 새겨들을 필요가 있다. 해봐야 아무런 득이 없다면, 그렇게 하지 않는 편이 나을 수 있으니까. 하지만 아무런 쓸모가 없고 득이 없다는 것을 스스로 체감하기까지 겪어야 할 어떤 감정의 할당량이 있을지도 모른다. 그래서 나는 부모를 탓해봐야 아무 소용이 없다는 가뿐한 인생선배들의 말 대신, 부모에게 느끼는 양가적 감정은 자라면서 누구나 한 번쯤 겪을 수 있는 자연스러운 과정이라고 말하고 싶다. 그러니 그런 과정을 겪는 중이라고 해서 크게 자책하지 않길 바란다. 가족에게 불만스러운 마음을 품는 건 어쩌면 너무 자연스러운 일이다. 그러한 감정들은 결코 잘못되었다거나 틀리지 않았다. 감정을 함부로 재단할 수는 없는 법이다.

물론 이 아름다운 세상을 선물해준 부모는 그 자체로 감사한 존재다. 하지만 부모와 자녀 관계는 말끔하게 설명할 수 없는 부분이 더 많다. 가족만큼 '애증'이라는 표현이 딱 들어맞는 관계는 없다. 사랑하면서도 미워하고, 서로의 필요를 느끼고 인정을 갈구하면서도 오히려 모질고 매정해지기도 한다. 남들에게라면 절대 하지 않을 상처 주는 말을 퍼붓고, 다음 날 아무렇지 않게 마주앉아 밥 먹을 수 있는 사람들. 상처 주고 봉합하고 다시 할퀴고, 그리고 치유를 받는, 가족은 정말 기묘한 존재다. 그러니 부모에 대해 부정적인 감정을 느끼는 스스로를 다그치고 꾸짖지 않아도 괜찮다. 모든 사람이 부모로 태어난 것은 아니기에, 누구나 부모가 처음이라, 모든 엄마, 아빠는 완벽한 부모가 아니었다. 그러니 그들이 실수하는 것도 당연한 일이지 않은가.

　자신의 어린 시절을 곱씹으며 자라온 환경과 부모의 양육 방식에 불만을 품는 것, 나는 이런 상태에서 오랜 시간을 보냈다. 나는 과거와 지나치게 친한 사람이었다. 물론 과거를 돌아보는 것은 나를 알아가는 가장 원초적인 방법이다. 뿌리와 근원을 캐면 지금의 상태가 나름의 논리를 지니고 설명이 된다. 더러 수긍이 간다. 그래서 역사를 되짚어가는 것은 지금의 나를 알 수 있는 좋은 시도다. 다만 과거의 기억을 끄집어내는 것으로 지금의 나를 모두 설명할 수 있다는 믿음은 버려야겠다. 그저 하나의 방식일 뿐이라고 정리해두자. 게다가 과거와 너무 친한 사람은 쉽게 우울해진다. 자라온 환경으로 한 인간의 전부를 판단할 수는 없다. 그게 전부라면 이처럼 슬픈 일이 없을 것이다. 뒷맛이 안 좋다는 말의 의미를 이해한다. 씁쓸하다. 불우한 어린 시절, 그게 내 발목을 잡을 것 같다. 그것만 탓하게 될 것 같다. 어떤 안 좋은 기억에 사로잡혀 영원히 거기에서 벗어날 수 없을 것 같다. 늦처럼. 그러니 과거와 친하게 지내는 대신, 과거와 화해하고 일정 거리를 두는 것이 더 좋은 방법일 것이다.

해야 할 일을 자꾸 미루거나, 습관적으로 과자를 집어먹고 맥주를 마신다. 잠들기 전 유튜브를 한참 보다 밤늦게 자고, 다음 날 늦게 일어난다. 생활 패턴을 관찰해본 결과 이러한 흐름이 자리 잡으면 뭔가 뒤틀리기 시작한다. 이 기간이 길어지면 어디선가 우울이 슬며시 다가와 일상을 잠식한다. 꼬여버린 일상에서 딱히 이렇다 할 이유도 없이 침체된다. 아무것도 하고 싶지 않다는 무기력이 온몸에 퍼져 게을러진다. 나태하게 늘어진 꼴 보기 싫은 나를 다그치기 시작한다. 자기혐오에 돌입하는 순간이다. 그때부터는 온 세상이 적이 된다. 이렇게 된 데는, 내 잘못만 있는 것은 아니라는 합리화에 나선다. 무고한 누군가를 마음속 깊은 속에서 원망하고 미워한다. 미워하는 마음은 그 누구보다 나를 좀먹는다.

소설가 강장명의 신문 칼럼을 읽다가 발견한 문장을 우울에서 빠져나오는 행동수칙으로 삼고 있다. 과거에 사로잡힐 때마다 감지되면 자동기계처럼 방 청소를 한다. 밑도 끝도 없이 그냥 청소부터 시작한다. 청소를 끝내면 기분이 좋아진다. 청소한 김에 운동을 한다. 대단할 필요도 없다. 밖에 나가 잠깐 산책을 해도 좋고 매트를 깔고 스트레칭을 하는 것도 훌륭하다. 말끔하게 샤워도 한다. 우울은 수용성이라고도 하지 않는가? 우울을 물에 씻겨 흘려보내자. 깔끔해진 책상에서 읽고 싶은 책을 읽고 기분 좋은 음악을 듣는다. 그러면서 다시 해야 할 일과 우선순위의 일들을 분류하고 내일의 계획을 세운다. 방 청소하기는 우울의 문턱에서 등을 돌리게 하는 나만의 단순한 방책이다.

실제로 굉장히 기분 좋은 순간 중 하나는 땀 흘리면서 운동을 했을 때, 미뤄왔던 방 청소와 빨래를 했을 때다. 귀찮고 힘들다. 미루다가 겨우, 억지로 한다. 그런데 하고 나면 그렇게 홀가분할 수가 없다. 바로 그 지점에서 과거나 미래를 모두 잊고 오로지 그 순간의 개운함을 즐긴다. '아! 기분 좋다.' 아무 일도 없던 것처럼, 아무 일도 없을 것처럼.

눅눅하고 쓸쓸한 과거가 지금의 나라고 단정 지으며 큰 의미를 부여하지 말자. 그것은 '과거'일 뿐 '내'가 아니다. 모른 척 깊이 묻어두라는 이야기는 아니다. '이런 일이 있어서 지금 내가 이런 상태이고, 그때 그러는 바람에 내가 여기에.' 이런 소리는 그만 멈추자. 그때 그런 일이 분명히 있었지만, 지금의 나는 그로부터 자유롭다는 사실을 상기해보자. 과거를 언제든 꺼내보고 다시 가지런히 밀어 넣을 수 있는 형태로 인식한 뒤, 현재의 나를 방해하는 기억과 거리를 두면 된다.

장례식장에서

✳
✳
✳

나는 기억하지 못하는 나의 유년기에 관한 이야기다. 나는 어릴 적 명절 때 시골에 가면 친척들 앞에서 "기똥차게" 춤을 잘 췄다고 한다. 박남정의 기억니은 춤을 잘 췄다는데, 나는 그게 어떤 춤이었는지 기억도 나지 않는다. 다만 내가 중고등학생이 되었을 때, 친척어른들은 그렇게 끼가 넘치던 아이가 어쩜 그렇게 조용해졌냐고 의아해하시곤 했다. 아빠는 근래 들어 트로트 경연대회에 나이 어린 참가자들이 등장할 때마다 그걸 아주 재미있게 보고는 몇 번인가 말했다. "쟤가 어릴 때 그렇게 노래도 잘하고 춤도 잘 췄는데, 그때 뭐라도 알았으면 진작 그런 걸 가르쳤을 텐데" 하는 말. 이런 이야기들은 동생이 결혼을 하고, 아빠에게 사위가 생기고 나서 더 자주 듣게 되었다. 제부가 우리집에 와서 함께 술 마실 기회가 있으면 어린 시절 나와 동생들 이야기, 그리고 그때 자식들에게 해주지 못한 것들에 대한 회한의 말들을 아빠는 유독 쉽게, 자주 한다. 자식들에게 직접 말하지 못했던 진심을 우리집에 뒤늦게 합류한 가족인 사위를 경유해서 우리에게 들려주고 있는 셈이다.

그러다보면 이야기 주제는 아빠 자신의 어린 시절로 이어진다. 한번은 배가 너무 아파 데굴데굴 구르는데, 할아버지는 아빠에게 소다만 계속 먹였단다. 감을 먹고 체했다고 생각한 것이다. 소다가 안 듣자 소금물을 먹였는데 그래도 차도가 없었다. 강원도 산골마을 가까운 곳에 병원이 있었을 리 만무하고, 자동차가 있는 집도 없었다. 몇 시간에 한 번 오는 버스만 오가던 때인데, 어른들은 아이의 복통이 가시지 않자 거의 죽어가는 어린 것을 겨우 시내 병원으로 데려갔다. 아빠는 체한 게 아니라 맹장이 터진 것이었다. 이 얘기를 벌써 몇 번 들었지만, 이 이야기를 들려주는 아빠의 표정과 목소리에서 열 살 안팎의 소년이 얼마나 배가 아파 고생을 했는지 생생하게 묻어난다. 아빠의 옛날이야기는 어릴 적 할아버지가 짜장면을 사주지 않아 몇 날 며칠을 울었다는 사연으로 흘러간다. 그리고 그다음엔 태권도를 배우고 싶다고 했는데 할아버지는 그것도 시켜주지 않았다는 일화까지 세트로 나와야 아빠의 옛날이야기가 마무리가 된다. 나는 아빠에게 묻는다. 할아버지를 원망하지 않느냐고. 아빠는 자신의 아버지를 한 번도 원망해본 적이 없다고 말한다. 자식 대 자식으로 공감대를 형성해보려는 나의 노력은 수포로 돌아간다.

그리고 최근에 하나의 일화가 여기에 추가되었다. 어느 날 아빠는 군것질이 너무 하고 싶어서 몰래 할아버지 방 안에 있는 금고를 따기로 했다. 먹고 싶은 것도, 배우고 싶은 것도 뭐 하나 해달라는 걸 들어주지 않는 아빠의 아빠였으니, 어린 아빠는 발칙한 시도를 감행한 것이다. 꼬챙이를 챙겨 방 안으로 들어가 기어코 금고를 땄는데, 열어보니 그 안에 예상했던 대로 지폐 몇 장이 있었다. 그런데 아빠는 그 안에서 다른 것도 함께 발견했다. 작은 쥐약통이었다. 대체 그 쥐약의 용도는 무엇이었을까. 그건 앞으로도 알 수가 없겠지만, 어린 아빠는 쥐약을 보고 이런 생각을 했단다. "우리 아버지도 많이 힘이 드는구나." 어린 소년은 여차하면 아버지가 그걸 먹고 죽어버리려고 했던 건 아닐까 생각했다. 배우자를 일찍이 먼저 보내고 자식들을 홀로 키워야 했던 아빠의 아빠. 어린 아빠는 너무 빨리 할아버지를 연민하게 되었다.

돈이 없어 아들에게 짜장면 한 그릇 사줄 수 없는 아버지의 심정을, 아빠는 아마 어렴풋이 이해하게 되었던 것 같다. 할아버지는 돌아가시기 직전에도 늘 아빠에게 전화해서 "술 마시지 말고, 차 조심해라" 하셨단다. 아빠는 할아버지 장례식에서 단 한 방울도 눈물을 흘리지 않았다. 자식이 부모 장례식에서 우는 건 불효했다는 것이라면서 말이다. 하지만 할아버지 장례식 내내 아빠는 내 눈엔 누구보다 금방이라도 울 것 같은 얼굴이었다.

이어지는 기억은 외할머니의 장례식장이다. 나는 거기서 엄마를 부르며 우는 나이 든 어른들을 처음으로 만났다. 외할머니가 돌아가시고 나서다. 발인 전날 어린 시절의 추억을 넋두리처럼 늘어놓는 외삼촌들의 이야기를 귓등으로 들으며 장례식장 한 켠에서 새우잠을 잤다. 밭 매러 가던 얘기, 콩 심던 얘기, 땔감으로 쓸 나무 하러 가던 얘기. 까마득한 옛날이야기라 오래된 시대극을 보는 기분이었다.

외할머니에게 치매가 왔다. 가족들을 잘 알아보다가도, 가끔 전혀 다른 이야기를 했다고 한다. 언젠가 공주에 따라가 요양원에서 할머니를 본 것이 할머니에 대한 내 마지막 기억이다. 나를 정확히 알아보셨다. 신기했다. 바나나를 허겁지겁 먹던 할머니, 요플레를 두 개나 까서 외할머니에게 먹여주던 엄마. 집으로 갈 때 할머니는 "잘들 가"라고 여러 번 말했다. 두 눈에 눈물이 그렁그렁 맺혀 있었다. 언젠가는 가지 말라고 붙잡기도 하셨다는데, 아마 잠깐 찾았다 떠나는 자식들이 서서히 익숙해졌던 때였던 것 같다.

쪼글쪼글해진 할머니의 살갗이 잊히지 않는다. 낡아버린 육체
가 자꾸만 떠오른다. 너무 많이 써서 닳아버린, 닳은 줄도 모르
고 계속 써버린 육체. 고장 나는 일 없이 잘만 돌아갈 줄 알았지
만 이제 더는 그럴 수 없어진 몸. 어디다 다 써버린 걸까. 나는 장
례식장 구석에서 잠결에 밤새 듣던 이야기들을 곱씹다가, 할머
니는 자식들에게 이런저런 기억을 만들어주려다가 자신의 몸을
다 써버린 것이 아닐까 생각했다. 육남매에게 기억을 심어주다
가 자신의 기억을 조금씩 잃어버린 건 아닌지.

생생한 기억만이 내가 지금 여기 존재하고 있음을 일깨워준다.
기억이 없이는 우리는 내가 누구인지, 내 옆에 있는 사람이 누구
인지 아무것도 알 수 없다. 영화 <블레이드러너 2049>에는 리플
리컨트라고 불리는 AI가 나오는데, 로봇을 만드는 과정에서 그
들에게 기억을 심어주는 메모리 메이커가 중요한 역할을 한다.
메모리 메이커가 로봇에 더욱 생생한 기억을 심어줄수록, 로봇
은 인간과 더욱 같아진다. 살아있는 듯 강렬한 과거의 기억을 지
닌 인공지능은 스스로를 인간이라고 느낀다. 우리 삶의 메모리
메이커, 가장 많은 기억과 추억을 심어주고 간 사람. 외할머니의
장례식에서 엄마의 죽음이 왜 그토록 슬픈 것인지 아주 조금은
상상해볼 수 있었다. 그 많은 추억들은 공유했던 사람이 이제는

없다. 그 기억들이 이제 혼자만의 것이 되어버린다. 혼자 짊어져야 할 기억들. 그 고독이 슬픈 것은 아닐까.

꽃상여가 외할머니 집 앞에 섰다가 외할아버지가 계신 무덤으로 갔다. 동네사람들은 시끌벅적, 뒤를 따르는 자식, 며느리, 사위, 손자손녀들에게 봉투를 달라며 서고 가고 서고를 반복했고 처음엔 서럽게 울며 뒤를 따르던 이모도 나중엔 웃기도 하고 종알종알 이야기를 했다. 할머니 영정을 두고 몇 번이나 절을 하며, 드시는지 안 드시는지 모르는 제사음식을 계속 올렸다. 나는 이 순간을 기묘하다고 여기면서 몸을 숙이고 고개를 조아리며 하루 반나절 동안 수십 번 절했다. 11월의 언 땅속으로 할머니가 들어가셨다. 삽으로 흙을 떠서 그 위에 얹어드렸다.

부모라는 낯선 타인

1판 1쇄 찍음 2023년 5월 8일
1판 1쇄 펴냄 2023년 5월 15일

지은이 양미영
펴낸이 조윤규
편집 민기범
디자인 홍민지

펴낸곳 (주)프롬북스
등록 제313-2007-000021호
주소 (07788) 서울특별시 강서구 마곡중앙로 161-17 보타닉파크타워1 612호
전화 영업부 02-3661-7283 / 기획편집부 02-3661-7284 | 팩스 02-3661-7285
이메일 frombooks7@naver.com

ISBN 979-11-88167-76-0-(03810)

· 잘못 만들어진 책은 구입하신 서점에서 바꿔드립니다.
· 이 책에 실린 모든 내용은 저작권법에 따라 보호를 받는 저작물이므로 무단 전재와 무단 복제를 금합니다. 이 책 내용의 전부 또는 일부를 사용하려면 반드시 출판사의 동의를 받아야 합니다.
· 원고 투고를 기다립니다. 집필하신 원고를 책으로 만들고 싶은 분은 frombooks7@naver.com로 원고 일부 또는 전체, 간략한 설명, 연락처 등을 보내주십시오.